U0116927

130 Fashion Goods
for Charming Lady

魅力女人的130件时尚圣品

件时尚圣品

张晓梅／著

［下］

漓江出版社

物化的优美精神

首先要说，这是一本女人非常值得收藏的精品书，假如你想不断提升品位，假如你期待与众不同、魅力永恒的话。

也许你会说，难道一定要拥有书中这些属于奢侈品的物件才会有品位？才能魅力四射吗？当然不是。不过，学习最好的、最具美感的东西，感受和了解它，可能的话，适度地拥有它，请注意，是可能和适度，必然会增添品位和魅力，这是确定无疑的。道理很简单，卓越的物品，因为出类拔萃，已超越了单纯的物品属性。你在接触、学习、选择、使用过程中，必然会受到出类拔萃的感染、与众不同的熏陶和高贵及经典的传导。

奢侈品并不是过度耗费金钱的代名词，从一个层面来说，奢侈品代表着人们对美好生活的追求和表现，真正的精品无疑是时代极至美的精髓和符号。奢侈品一词（Luxury）源于拉丁文的"光"（Lux）。奢侈品的本质应是闪光的，明亮的，与众不同的，能给人带来愉悦和享受的。奢侈品在国际上的概念是："一种超出人们生存与发展需求，具有独特、稀缺、珍奇等特点的消费品"。沃尔冈·拉茨勒在他的畅销书《奢侈带来富足》中这样定义奢侈："奢侈是一种整体或部分被各自社会认为的奢华生活方式，大多由产品或服务来决定。"

在之前，写一本纯物质的、特别是关于奢侈物品的书并不为我所愿。我一向反对物质崇拜，以我的人生经历，更决定了对奢侈品并不十分热衷。不过，随着阅历和心智的成长，也因为工作的缘故，当了解和使用了这类物品后，才发现过去对于物质、奢侈品的认知是单薄的。

事实上，不少人对奢侈品的态度有两种极端，一种是抵触或排斥，视它为金钱和物欲的毒品。另一种是过度迷恋，盲目地成为了它的奴隶。其实，假如你换一个角度去看待，你既会更多一些发现它的美好，也会更客观一些地对待它。正如世间存在很多美好的东西，故宫也好，达芬奇油画也好，甚至漫山遍野的野花也好，存在就是美好的，同时，并非你一定要拥有它，你也不可能完全拥有。

为此，我主张，假如你想成为好的或最好的，你需要认识它、感知它，假如还能拥有的话，你有机会更近距离地感受它，这些让人赏心悦目之物的背后都有太多的精华。不过，假使你暂时不能拥有，它存在社会中，你依然可以随处感受到它的精彩和美好。当一件很美和精典的"物品"在你面前展现时，假如你真的了解它，如果还是深刻的，无论你是否拥有，都会产生磁场共鸣，或许还会获得前所未有的心灵震荡。

说到时尚，这个英文为Fashion的词，如今人们常常挂在嘴边，很是流行了。然而时尚是什么？专家认为，时尚是在特定的时段内率先由少数人实验、预认为将成为社会大众所崇尚和效仿的生活方式。顾名思义，时尚是"时间"和"崇尚"的相加，涉及生活的各个方面，如装扮、饮食、居住、用品、行为、甚至情感和思考方式。时尚总是具有独特气息，奢侈品也优化和凝炼了时尚。很多人把时尚与流行相提并论，其实并不如此。时尚还是一种精神和艺术，模仿、从众只是"初级阶段"，至臻境界是从一拨一拨的时尚风潮中抽丝剥茧，萃取本质和精髓，主导自己的审美与品位。我一向主张：追求时尚不是被动的追随，而是理智的确认和选择。

总之，时尚也好，奢侈品也罢，触及了生活的方方面面。时尚总会带给人们愉悦的心情和优雅、纯粹与不凡感受，体现出生活的品位、精致、展露个性。时尚还是一种态度，和谐的组合、色彩的搭配、产品的多样性反映着内在的品位与修养。奢侈品闪烁着时尚的光芒，时尚赋予了奢侈品更多的精髓和向往。

如今，追求美好的物质享受已经开始变得合理化。物质方面的享受，必然会向精神层面的享受扩展和延伸。从这一点来说，这本书力求将"神坛"上的奢侈品变得鲜活和亲切化，期待读者能在物质审美中优化精神。需要说明的是，这本书是之前《修炼魅力女人》的一个补充读本，之所以选择"魅力女人时尚圣品"这样一个主题，是因为我强烈地意识到，中国的优质女人需要了解全世界最好的时尚圣品，为此精选和推荐了"女人最该拥有的130件时尚单品"。我前面说过，不是说这些单品你必须拥有，对绝大多数人来说，是无法完全拥有的。这里我们做过一个粗略的估算，书中介绍的物品总价值是以亿元来计算的。有多少人能拥有这么多物品呢？但是正如你需要了解蒙娜丽莎的微笑、维纳斯的断臂一样，这已是现代高端人士必备的知识和素养，而在这方面中国人还是普遍缺乏的。

卓越物品从来都是美好生活的结晶，是人类和社会的共同财富，你需要拥有，或许是物质的，但更是精神的。

张晓梅

2009年8月9日

[004]
服装

[116]
彩妆

[136]
护肤

[090] 珠宝 & 腕表

包包&配饰

ViES CHANEL LOUIS VUITTON FENDI COACH SALVATORE FERRAGAMO
NE LANCEL BOTTEGA VENETA Marc by Marc Jacobs MISS MARC
SONITE GUCCI The Indy Bag MCM First Lady PRADA PHILIP TREACP
MES BVLGARI PRADA

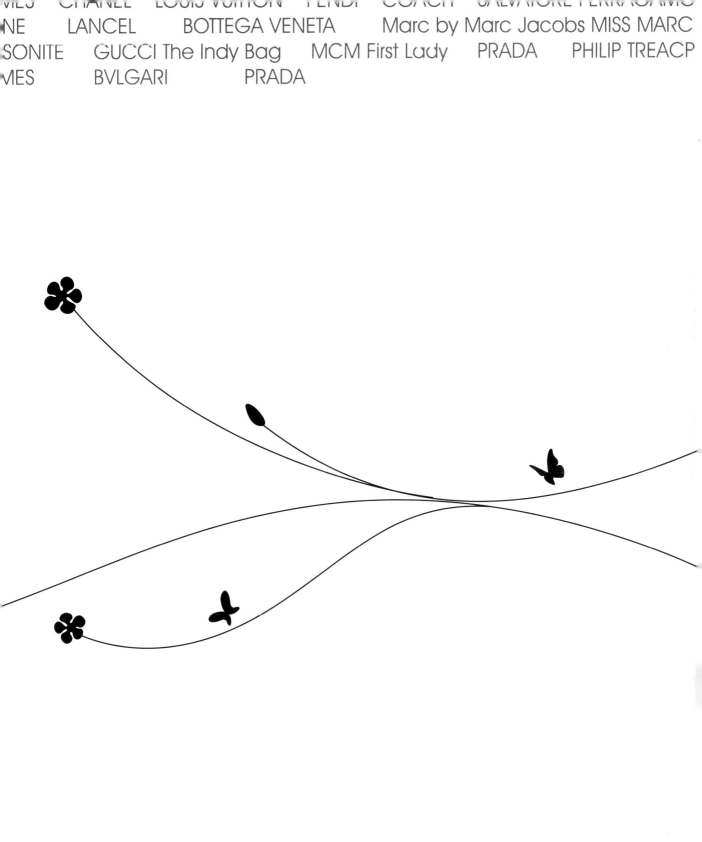

HERMES

爱马仕 BIRKIN&KELLY

同门顶级双姝

今天，也许我们应该感谢两个女人，这样我们才会有以她们的名字来命名的
BIRKIN和KELLY这两款顶级包包来宠爱自己。

KELLY及BIRKIN两款包包是HERMES的镇店之宝，代表着顶级的奢华。而所谓的"顶级奢华"大多是祖父辈就开始流传的神话，因为只有经历沧桑洗礼而仍然鲜活的故事，才具有难以撼动的说服力。倾注了时间和心血，累积出的必然是超凡价值。

KELLY包起源于狩猎者设计的"马鞍袋"，那可是HERMES皮具系列中最老的常青树。1930年，HERMES为了迎合女士们的口味保持了KELLY包的原来款式，只把尺码作适量调整，让女士们可平常上街用，但其实那时候它并不叫KELLY，直到一个女人的出现。

我在资料中看到，1956年的《LIFE》杂志封面上，摩洛哥王妃Grace Kelly为了躲避记者镜头，拎着最大尺码、以鳄鱼皮制的KELLY包，半掩着她已怀孕的身躯。这张封面照令人记忆实在深刻，使KELLY包卷起狂潮。于是，Grace Kelly以及以她的名字命名的KELLY包，成为了那个时代的经典标志。

而BIRKIN的诞生就有点娱乐的味道了。某一天，做了妈妈的女明星Jane Birkin在飞机上向HERMES总裁抱怨一直都找不到做工精良又实用的可放置超多婴儿用品的大提包，于是HERMES的总裁就为她专门设计了一款手袋，并以她的名字来命名，这就是BIRKIN包。它实际是把KELLY包放大加深，去除覆盖的结构后，把单拎手变为双拎手，便成为可以当作旅行或公事包使用的BIRKIN包。BIRKIN形式较KELLY更为休闲、洒脱，材质与色彩的选择也比KELLY选择性更大，尺寸分为30cm、35cm、40cm、45cm等几种不同的选择。在皮质和颜色的选择上更为宽泛，有90种（牛皮、羊皮、猪皮，以及比较珍贵的鳄鱼皮、鸵鸟皮、蜥蜴皮等）之多。

有时候太受欢迎也不见得是件好事。正由于BIRKIN包与KELLY包从80年代开始，过于受欢迎，但工匠的产能又有限，所以就在全球采取了定制方式。平均定制一款，你就需要等上两年的时间。在任何HERMES BOUTIQUE店内都可以定购，但所有订单都是要到法国制作的。

你通常可以在Waiting List上排队，到了货自然有人会通知你。而特殊的制法都要定制才能享受。目前，国内可

以排Waiting List，但是基本上都很难定制，所以你可以拜托法国的朋友。而排货和定制的主要差别就是，定制可以自行选择皮料、扣件等诸如此类的细节，而排货就没得选，看上的是什么样就什么样，排货和定制在价格上也会有很大的区别。

假如你想要独一无二，就得付出点代价。

关于BIRKIN

你知道吗？每个BIRKIN包包上都是有年份的，刻在包扣的带子上。BIRKIN正面右边那条金属扣的背面，凹

下去的正方形框内的英文字，即表示年份(适用于1997~2022年)，而1961~1996年间生产的包以圆形框表示。另一边的字母与号码，则是制作师傅的代号。

BIRKIN在皮包开口处都藏有等级的标识

● 标识为"∧"符号的，代表皮革取自野生鳄鱼，价格最为昂贵；

● 标识为"···"符号的，代表皮革取自人工饲养鳄鱼；

● 如果在MADE IN FRANCE下刻有"S"，则代表这个包为折扣品。

包包&配饰

正由于BIRKIN与KELLY从80
年代开始，过于受欢迎，但
工匠的产能又有限，所以就
在全球采取了订制方式。平均
订制一款，你就需要等上两
年的时间。在任何HERMES
BOUTIQUE都可以订购，但所
有订单都是去法国制作的。

甘い香りを深めせ、
妹子のふっくなふわりと
を持ちロマンの花ドレス
の中間に調理が降らさの
にまらぎ、ドレス、コート
6にRODARTE、ユードシを
パレ、 ばく フ ¥1,136,00
HERMES はエルメスジ3
シューズ・約100 CHRIS
LOUBOUTIN 、リストステ
バント、MOKUBA

包包&配饰

CHANEL 香奈儿2.55手袋
菱纹格的欲望

潮流来去匆匆，但风格却永存。

——Coco Chanel

我认为CHANEL的包总是很经典。CHANEL的菱格纹2.55手袋成为时尚女性的必备品之一，其日间款和晚宴款分别以羊皮和针织质地制成，每款都有三种不同大小型号。手袋表面凹凸的菱格纹，与N°5香水、山茶花、珍珠项链和黑色小礼服一起，成为了CHANEL永恒的标识之一。

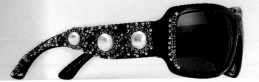

　　有时总有特别的感受，我会发现不凡品牌的质料与细节总会散发着特殊的魔力，CHANEL菱格纹就是这样。菱格纹是奢华精品的代名词，传达着顶级的品质、形象与独特的质感。菱格纹之于手袋，结合出完美的2.55。Coco Chanel对数字还真是特别偏爱，尤其是"5"，不但有堪称传奇的No°5香水，连CHANEL最著名的2.55手袋都用了两个"5"，不过这也与它的诞生年份有着密不可分的关系。

　　1955年2月，第一只经典菱格纹手袋诞生。这款名为2.55的手袋，是Coco Chanel从赛马的骑士们所穿的夹克中取得灵感，加上肩带的设计从而解放了女性的双手。这款手袋结合了菱形车纹、金属链带与方形扣环等经典元素。要知道这可是当时奢侈品领域里第一款有肩带设计的包，创造了设计史上的一个经典。

　　自上世纪20年代起，CHANEL的菱格纹2.55手袋就成为时尚女性的必备品之一，其日间款和晚宴款分别以羊皮和针织质地制成，每款都有三种不同大小型号。手袋表面凹凸的菱格纹，与N°5香水、山茶花、珍珠项链和黑色小礼服一起，成为了CHANEL永恒的标识之一。而包盖上的双C标志，则直到香奈儿女士1971年去世后才出现，当时人们称之为"女士的搭扣"。

　　由于2.55手袋实在太受欢迎，CHANEL首席设计师Karl Lagerfeld就不断地赋予它新的面貌。由于多数人无法分辨之间的差别，所以近期CHANEL开始将2.55手袋的定义延伸，无论是链带或皮革穿链带、方形扣环或双"C"LOGO扣环，只要有着菱格纹的皆为2.55手袋。

　　CHANEL2.55手袋被誉为是"世界上最容易激起女人强烈欲望的包"。它像对我们下了魔咒一般，未曾拥有的必定想拥有一个，已经拥有的则想拥有更多。

关于2.55手袋

方扣

　　这个扣有个名字叫做"Mademoiselle"，法语里是"Miss"的意思，代表着Coco Chanel终身未婚。

双链条

　　Coco Chanel出生在孤儿院，孤儿院管理员把孩子们从腰部用相同的链子交叉锁住，Coco Chanel在设计手袋的肩带部分时正好想起了链条这样的东西。

耗时

　　2.55手袋除了皮革与内衬的切割以机器完成，其他步骤每一款都需要6个工人手工花费10个小时，经过整整180道工序才能完成。

3个内袋

　　放口红的小袋，附拉链的内袋，前面的隔层。

前面的隔层

　　当初在孤儿院时，Coco开始恋爱，但是没地方放情书，她觉得包的隔层是个好地方，能帮她放置情书。

夹层的紫红色

　　这是当时孤儿院孤儿们衣服的颜色。

背后的隔层

　　这是用来放零钱的地方。

包包&配饰

CHANEL

[其他好推荐]

CHANEL最新黑白盒形经典包

　　精巧利落的黑白盒形经典包不但延续了黑白配色和旋转方扣等CHANEL经典元素，其独特的方形设计，灵感来源于CHANEL在巴黎康朋精品店、高级珠宝及著名的5号香水所使用的包装盒，从此你又多了一款CHANEL经典礼物之选。

CHANEL记事本

　　银色金属光泽或黑色漆皮的记事本，处处可见CHANEL的标志性元素：N° 5、山茶花、蝴蝶结、盾牌、香奈儿女士的身影、她钟爱的城市如巴黎或摩纳哥，这些醒目的图案浮雕，随着光影舞动。细致贴心的内页与夹层设计，为文件与名片提供最有条不紊的收纳。CHANEL记事本系列共推出三款尺寸：口袋型、细长型、商务型，并有各式颜色可供挑选；同时，也准备了一款附有三组空白内页的记事本。

LOUIS VUITTON

我的设计并不是有意挑衅，只是想让观众看到一个更大、更饱满、更时尚的画面组合。
——Marc Jacobs（现任LOUIS VUITTON首席设计师）

路易·威登 MONOGRAM 系列旅行箱
随心去旅行

LOUIS VUITTON

设计师轶事

　　1896年，Louis Vuitton的儿子乔治用父亲姓名中的简写L及V配合花朵图案，设计出到今天仍蜚声国际的交织字母印上粗帆布(Monogram Canvas)的样式。

路易·威登官方网站
www.louisvuitton.com

　　创立于1854年的LOUIS VUITTON，现隶属于大名鼎鼎的LVMH（LOUIS VUITTON正是其中的"LV"）集团。创始人Louis Vuitton是十九世纪一位专门替王宫贵族打包旅行行李的技师，他制作皮箱的技术精良，渐渐地就从巴黎传遍欧洲，成为旅行用品最精致的象征。延伸出来的皮件、丝巾、笔、手表，甚至服装，都是以LOUIS VUITTON155年来崇尚精致、品质、舒适的"旅行哲学"，作为设计的基础。

　　Louis Vuitton革命性地创制了平顶皮衣箱，并在巴黎开设了第一间店铺。就像今天一样，他的设计很快便被抄袭，平顶方形衣箱成为潮流。LOUIS VUITTON的皮箱最先是以灰色帆布镶面，1896年，Louis Vuitton的儿子乔治用父亲姓名中的简写L及V配合花朵图案，设计出到今天仍蜚声国际的交织字母印上粗帆布(Monogram Canvas)的样式。从设计最初到现在，印有"LV"标志这一独特图案的MONOGRAM系列，伴随着丰富的传奇色彩和典雅的设计而成为时尚之经典。

　　155年后的今天，早已象征着奢侈时尚的LOUIS VUITTON仍旧把"旅行"视为品牌的核心价值。只要你拥有足够的阅历和金钱，就可以带着MONOGRAM系列旅行箱，开始一段单身旅行和自我探索之路。更重要的是，这只价值不菲的传奇旅行箱不仅象征你的财富和地位，陪伴你走过千山万水，还见证着你的生命之旅。在LOUIS VUITTON看来，精神和情感上的旅行造就了每一个人。

　　以前，人们通常以沙漠、山水等自然景色作为拍摄题材。但是随着时代的变迁，旅行的定义也在不断进化。如今，只要坐上飞机，就能方便地抵达世界上大部分地方，我的观点是，罕见的美景已不再是旅行最吸引人的地方。

包包&配饰

我对旅行箱有独特的情感，我想这几乎是每个出色女人的共同感受。MONOGRAM 系列旅行箱不仅象征你的财富和地位，陪伴你走过千山万水，还见证着你的生命之旅。在 LOUIS VUITTON看来，精神和情感上的旅行造就了每一个人。

于是，LOUIS VUITTON把"人"作为旅行的主体。每个人旅行的原因、态度都有所不同。旅行未必总是为了放松和享乐，它可以是一件严肃的事情。在人生旅途中，也并不总是充满阳光和欢笑。

旅行有各种不同的目的，人生就是一次无法预料、悲喜交加的旅行。我会随心去享受着……

怎样识别真假LOUIS VUITTON?

看花纹　真LOUIS VUITTON的MONOGRAM系列花纹是那种在咖啡中混杂的颜色，而假的就完全是咖啡色的。

查车线　真LOUIS VUITTON的车线是弯曲弹性非常好的纤维做的，车线明显呈现柳条形，而且是那种较粗的纹路；而假的车线用的只是一般普通的车线，所以不会有粗的柳条纹。

对编号　包袋内部的小内袋里会有一块皮，上面写着LOUIS VUITTON包袋的独有编号，假的一般不会有，就算有位置也会歪。另外，真LOUIS VUITTON所用的真皮包括这块小皮的皮纹都一定会是自然纹理，但假的所用的皮的皮纹则显得不自然。

检布质　真LOUIS VUITTON的内部是用帆布做的，而且纹路较粗，有比较明显的纹理，但是假的布纹就比较模糊，看不太出明显的布纹结构。

分光暗　真LOUIS VUITTON包扣的钥匙金属呈现古铜色，色泽暗哑，而假的则会呈现光亮的金色，反光度很强。

列尺寸　包袋外面印有"LOUIS VUITTON PARLS MADE IN FRANCE"的皮背面，真LOUIS VUITTON一定会印上这个包袋的尺寸。例如30英寸的包袋，该皮的背面就能看到"30"的字样，如果是假货的话，就一定不会有。

包包&配饰

FENDI
芬迪 Clutch – To You 系列手袋
一包双表情

> 我的灵感来源于天地万物。只有一点，睁开你的眼睛！
> ——Karl Lagerfeld

手挽两用特大Clutch—To You手袋系列以加大版Pochette为造型，配合折叠式FENDI标志两用手挽，既是个性十足的特大Clutch，又可变身为出众的日间手袋。这款手袋的特别之处在于它是以70年代New Deco几何风格来重新演绎了其著名的品牌标志，而折叠式手柄又以坚硬的Plexi物料作为柄框，与柔软的皮革形成强烈的对比美学。

时尚圈大事件：
FENDI长城豪华时装秀

FENDI成功地成为了首个在中国万里长城上进行时尚展示的奢侈品。这次活动非常独特，充分展示出FENDI公司对创新、品质和完美的执著追求与承诺，同时也在地球上最美丽的地方之一展现了中西文化的完美结合。

FENDI官方网站
www.fendi.com

1925年，罗马Via del Plebiscito一个小工场内，Edoardo Fendi和Adele Fendi夫妇开始制造手袋和皮草，至此FENDI的历史拉开了帷幕。他们的五个女儿——Paola，Anna，Franca，Carla和Alda在1946年加入这个家族企业。今天，FENDI继续以创新的设计影响甚至震撼时装界。

1965年，FENDI公司聘用Karl Lagerfeld为其品牌设计师，他富有戏剧性的设计理念使FENDI获得了全球时装界的瞩目及好评，FENDI的以双"F"字母为标识的混合系列是又一个被时装界众人皆识的双字母标志。我会觉得这个标识很特别，个性而有质感。

自20世纪70年代开始，FENDI开发了除皮草外另一项让他们从此屹立不倒的拳头产品——手袋。你要我说FENDI有多少堪称经典的手袋系列？那两个人四只手也数不过来：1997年的Baguette手袋（看过《欲望都市》的女人都会欣然一笑），后来的Ostrik手袋、Diavolo和B.Fendi手袋，以及CHEF手袋，都掀起过一股全球抢购的热潮，成为FENDI的代表作。创意十足，精致考究，新颖独到，向来是FENDI手袋的设计特色。

如果你的手袋具有两张面孔，你会觉得更物有所值，而且会给你时时的新鲜感。正是为了满足女人们的这小小的"贪念"，它随后推出的一反传统Clutch手袋迷你细巧的设计，而采用手挽两用特大Clutch—To You手袋系列，让你的美梦得以成真。这款手袋以加大版Pochette为造型，配合折叠式FENDI标志两用手挽，既是个性十足的特大Clutch，又可变身为出众的日间手袋，可以带给你双面享受。

这款手袋的特别之处在于它是以70年代New Deco几何风格来重新演绎了其著名的品牌标志，而折叠式手柄又以坚硬的Plexi物料作为柄框，与柔软的皮革形成对比。特别是其中的一款FENDI几何品牌标志更只会在作为手挽袋时才会显露出来，让整个手袋系列更添韵味。

源自抽象派的风格，它无论在色彩、几何图案和物料运用上，均构造出强烈的对比色彩，带有双重意味。或以艳丽的鲜橙色衬托经典黑色，或以柔和珍珠色配鲜红，加上手袋趣味十足的几何造型，获得独树一帜的强烈风格。我记得我一位女友对我说过，当她拿起这款手袋的那一刻，仿佛拥有两个手袋的满足感迅速充盈了她，那感觉好极了。

这是一份由FENDI带给我们的时尚趣味。它融合双重风格，给你带来双倍趣味。两种宠爱于一身，带给你一面热情，一面冷酷的享受。

包包&配饰

COACH

蔻驰 Hamptons 系列
美式情调

对过去和未来我都不感兴趣，现在才是最有趣的。
——Karl Lagerfeld

　　1941年在纽约曼哈顿，6位皮件工匠靠精致的手艺，在位于一间阁楼的家庭式作坊里生产出了高质量皮件，COACH品牌从此诞生。这个品牌也是美国受市场欢迎时间最久和最成功的皮革品牌之一。

　　以往COACH的设计偏低调简单，在德·克拉考夫成为该品牌首席设计师后，COACH在保持经典特色外，还添加了现代都市的时尚风格。克拉考夫推出的"ERGO"系列产品线条简单，色彩鲜艳，成为COACH纽约精神的代表。近年，COACH不断从古典式的美国传统中获取灵感，并融合现代美式风格，演绎着传统与流行的完美平衡。

Hamptons系列新款的半月形肩袋容量更大，后开式口袋设计，时尚而实用。新版Hamptons Carryall大手挽袋增加了拉链袋口和别具匠心的包身前袋设计，更备有复古皮革、亮丽鹿皮、矜贵鳄鱼皮及印花蛇皮等多款崭新面料可供选择。

其中的Hamptons系列，新颖的造型及装饰细节，让我不得不感叹COACH在包袋设计上的无限创意。新款的半月形肩袋容量更大，后开式袋口设计，时尚而实用。新版Hamptons Carryall大手挽袋增加了拉链袋口和别具匠心的包身前袋设计，更备有复古皮革、亮丽鹿皮、矜贵鳄鱼皮及印花蛇皮等多款崭新面料可供选择。

我一向都认为Hamptons系列尤为适合OL，因为它低调，表面上找不到任何LOGO表明它的出身；因为它内敛，选用的都是最上等的皮料和精致的做工。就是因为它实在是太适合在办公室里使用了，以至于我需要买进同款的两种颜色来搭配我不同感觉的职业装。

有朋友说，她无法忍受在办公室里找不到她的COACH，说起来是种夸张的调侃，不过从某种程度上，倒也说明一些职业女人对它的喜爱度和依赖感。

[其他好推荐]

CHELSEA系列

CHELSEA系列以其清新活泼的风格、赏心悦目的造型而备受青睐。柔和的褐色压纹皮革，展现一片醉人秋色。BORDEAUX手挽袋及MINERAL手袋采用全新的皮革缝制，麂皮包袋缀以雅致的皮革饰边、编结及黄铜饰件，以别致的颜色、不凡的质感征服时尚人士。CHELSEA系列限量版产品，则以粗质皮革搭配皮革饰边，大胆的设计灵感源于摩托骑士造型，粗犷中见柔情。

LEGACY系列

为庆祝COACH品牌创立65周年而设计的LEGACY系列，自问世来一直大受欢迎，新一季更推出一系列新款手袋。造型百搭的GIGI大手提袋，包身的别致口袋及拉链设计，玩味十足。同系列的其他款式亦缀有俏皮而前卫的时尚链饰。LEGACY系列以柔和中性的颜色为主调，压纹麂皮充满华美质感，灰褐、咖啡及浅灰色系更令皮革呈现丝绒般的细腻柔软。另备有毛牛皮、鳄鱼皮及亮泽的鸵鸟皮及蟒蛇皮等珍贵面料可供选购。

包包&配饰

Salvatore Ferragamo
菲拉格慕定制手袋 "按需分配" 时代

"按需分配"的风潮在作为"前瞻者"的时尚圈里持续并带有愈演愈烈的架势。在服装定制起起伏伏的时候,手袋也迎来了定制时代,而首先出手的就是Salvatore Ferragamo的"MTO精制服务"定制系统。

我这里说的"按需分配"可不是仅仅听起来特别美好,可以拥有一款根据自己的个人偏好,精心打造出的蕴含FERRAGAMO品牌设计与质量标准的独特手工定制品,而它只属于你一个人,你会拒绝它吗?假如,你的花销足够,你可以在任何一家提供本项服务的FERRAGAMO专卖店内,由专业销售人员协助甄选样品,选择风格、配饰、颜色和皮革类型,打造出一款自己专属的手袋。你的定制要求随后将被送至佛罗伦萨并在意大利进行制作,其制作工序完全遵循FERRAGAMO严苛的工艺标准,而最终的手袋将在16周内送到你的手上。记住,全世界仅此一个,你愿意等待和意大利16周的时空距离吗?

17种不同的款式及50多种色彩,6种散发浓郁异域风情的奢华皮革:(糙面或光面)鳄鱼皮、鸵鸟皮、鸵鸟脚皮、打光蜥蜴皮和蟒蛇皮。除此之外,每只包都配以黄金或钯金配饰,并附赠一块金属拉链吊牌,可为你刻上不超过25个字母的名字或其他文字,以及"Salvatore Ferragamo Made in Italy"的认证标识。这就是"MTO精制服务"定制系统带你进入的前所未有

making process（制作工艺过程）

　　事实上，FERRAGAMO手袋系列的整体形象融会了所有品牌经典魅力的技术和风格解决方案等因素。设计师迈出整个流程的第一步，必须将灵感诠释为某种概念框架，从中产生出一项设计，继而不断增加细节，使之臻于完美。但是没有制作人员的全力合作，任何包款都将永远停留在画板之上，无法由设计变为产品。制作过程的每一环节均需高超的技术能力以及专家般的眼光和手法来不断测试原型，直至获得最终效果——美学魅力、经久耐用和功能实用的平衡。

具体步骤

① 设计制图（Cad）

② 打样（Montaggio Salpa）

③ 皮料筛选（scelta pelle）

④ 裁剪皮料（Taglio pelle）

⑤ 打磨缝合口（Preparazione pezzi per montaggio）

⑥ 皮料拼接制成（Montaggio borsa）

　　17种不同的款式及50多种色彩，6种散发浓郁异域风情的奢华皮革：（糙面或光面）鳄鱼皮、鸵鸟皮、鸵鸟脚皮、打光蜥蜴皮和蟒蛇皮。除此之外，每只包都配以黄金或钯金配饰，并附赠一块金属拉链吊牌，可为你刻上不超过25个字母的名字或其他文字，以及"Salvatore Ferragamo Made in Italy"的认证标识。

趣闻：

● 1960年之前，FERRAGAMO从未推出过手袋系列。唯一的例外是公司创始人Salvatore Ferragamo先生匠心独运的一款女包，饰有如今已成经典的"Gancino"图案，这一装饰细节后来成为FERRAGAMO最为著名的品牌标识之一；以及一款采用小马皮和皮革制成的大手提袋，Ferragamo先生自40年代末以来，便一直使用这款皮包携带鞋样、皮革、木质鞋楦以及其他制鞋工具。

● 2008年10月起，意大利专业制包工匠在中国五大城市现场展示高超制包手工艺。主持这些展示作品的Filippo Picone先生自孩提时代起，便一直与皮革制品，尤其是皮包，有着不解之缘。1996年，他进入菲拉格慕公司，带来了他在制造流程各个阶段的丰富经验与工艺技术，以进一步确保菲拉格慕的产品品质和纯粹风格。

包包&配饰

CELINE

瑟琳 Blossom 系列手袋

炫色の爱

充满活力的色彩总是使人联想到春天复苏的大自然和盛开的花朵。还有什么名字可以比"Blossom"更适合呢?

因为职业的关系，有时我会想选择一些比较鲜艳的色调，却总不是那么如意，当我看见Blossom的系列手袋时，便有了眼前一亮的感觉。Blossom系列手袋采用充满女性气质的柔软圆润线条，演绎时髦而放松的态度。缝纫、色调等细节之处亦纷纷体现这种休闲基调。每创制一只Blossom Bag都要花费CELINE皮革专家至少五个小时的辛苦工作，可见CELINE皮具制作工艺的专业态度。装饰在手袋翻盖上的三个银色金属球自成一串为手袋带来Art Deco的风格，另外的两对圆球则设置在外侧小口袋上，形成貌似七十年代的弹簧别针。

Blossom系列手袋的选材体现了独到的高雅与精致：从提花帆布到贵皮革（如鳄鱼皮、蟒蛇皮、蜥蜴皮等），从平滑光洁的漆皮以及柔软的超薄小牛皮、鹿皮，甚至具有夸张"撕裂感"的山羊皮。它又具备各种单色版本，双色款，更或者是三种颜色的搭配演绎，丰富的色调包括：驼色、烟灰色、杏色、梅子色、深咖啡色、亮粉色、珊瑚色，以及电子蓝色。Blossom Bag的设计侧重于实用，配有可脱卸肩带，具有小号、中号和小旅行袋三种不同的尺寸以满足不同需求。

如果觉得这还不能满足你的欲望，那你可以定制一个独一无二专属自己的Blossom手袋。CELINE以不同的珍稀皮革材质全新演绎Blossom手袋限量版，每一款都选用顶级华贵皮革手工制作，将蟒蛇皮、驼鸟皮、鳄鱼皮互相拼接，由哑光、磨砂到闪亮耀目不同的光泽技术处理，颜色浓郁而高贵。我挺喜欢其中的Sunrise(日出)，艳丽的异域风格三色拼接。看似偏年轻的粉色，因为天竺葵粉红色的驼鸟皮的相拼而变得高贵起来。

这些手袋是真正独一无二的作品。你可以自由选择缎面内衬的颜色，无论是强烈的对比色，还是柔和的色调，都囊括在CELINE所提供的色彩单中。接下来，可选择钯金或黄金质地的圆形搭扣，并且，更多的细致之处是，选择一款与之搭配的限量版压花钥匙扣。你要是也需要的话，记得要提前6个星期预约。由于是限量商品，所以价格需要议定。

包包&配饰

LANCEL

赛尔蒙与帕妮耶系列 爱情与自由的故事

在我看来，女人生而享有奢侈。巴黎林荫大道的欢乐气氛，总是有着祥和的吸引力。从复古的款式到当代的混搭，LANCEL忠于她创造的一种艺术生活：欣赏练达的优雅与无忧无虑的生活，并时刻不忘拥有愉快的精神。

DYOU COACH Hamptons SALVATORE FERRAGAMO CELINE LANCEL BOTTEGA VENETA Marc by Marc Jacobs MISS MARC SAMSONITE GUCCI The Indy Bag MCM First Lady PRADA PHILIP TREACY HERMES BVLGARI PRADA

源于1876年的LANCEL，拥有逾一个世纪的皮具制作历史和精湛工艺。LANCEL无穷的灵感创意及对时尚的敏锐触觉源于其流淌着专属于巴黎人奔放自由的血液。无论那属于歌剧院红磨坊的十九世纪，两次世界大战期间工业与自由复兴的年代，抑或是时尚与潮流横行的今天，LANCEL总能随着"时间的旋律"流转，一次次巧妙捕捉流行的元素，带给全球女性革命性的时尚手袋。我想说的是，每一件LANCEL精品，都蕴含着属于巴黎、时装以至欢乐人生的精神，述说着那个时代的动人故事。

而在赛尔蒙与帕妮耶系列里，我可以看到关于爱情和自由的故事。以印花棉质帆布为载体，用波普艺术的笔绘方式向憧憬自由和爱情的女士们展现了一卷发生于上个世纪20年代的动人故事。印在赛尔蒙和帕妮耶系列的帆布包身上的涂鸦与漫画图案，怎么看都让人联想起有着开放式结局的爱情故事。

赛尔蒙和帕妮耶系列的帆布花纹的内容灵感，便撷取自这个年代。而那些漫画般的描绘则被认为是对波普艺术的又一次诠释。可以说，这两个系列的包袋是献给上世纪初富有优雅与创新精神的时尚潮流，和向往自由与新大陆的旅游风情的一首赞歌。那些只有寥寥数笔的人物漫画，看似简约涂鸦，但蕴藏了一个时代的时尚精华，是对那个年代法国上流社会风尚的一次梳理与记录。

帆布包袋的出现，在今日被认为是对环境保护身体力行的表现。而在过去，在欧洲大陆移民美洲的初期，却是向往自由，充满冒险精神的人们的最爱。赛尔蒙与帕妮耶系列中帆布包身要歌颂的，正是那份随心而为的逍遥精神。

当旅游的乐趣并非在于目的地，而在于旅游的精神，你上路时唯一需要的只是一个帆布手袋，如果那是LANCEL的话就更好了。

［其他好推荐］

Premier Flirt心动系列

心动系列的优雅和舒适，让她们芳心涌动，体现她们万种风情，对生活玩乐的享受，尽显逍遥和悠然。原始的毛皮面，更显女士对雄性以及舒适的渴望。LANCEL标识性的流苏装饰配上经典的金属配件增加本我个性。典雅小外袋，让日常使用上更为便利。

Espiegle艾彼系列

艾彼用编皮仿佛告诉人们挣扎逃脱的牢笼见证了成长的困难，也值得让我们记忆，暴风吹动着我们思绪的流苏，看到了美丽的安宁就在下一个有希望的明天。精细的软牛皮编皮纹理，体现了成熟和内敛。软牛皮制作的肩带，舒适美观。底部配有皮质LANCEL徽章和装饰带，完美呈现优雅女人味。

Frasque飘然系列

有什么办法可以冲破每天千篇一律的单调？怎样才能不着痕迹地嘲笑种种拘束的规条？Frasque以优雅、独特而率性的方式，挑动了现代女性的心，让她挣脱严肃的条规，拒绝再过复制式的平淡生活。从叛逆到诱惑的艺术，一点细微的变化，为生活增加多一点质感，这些都是女性极欲拥有的人生。

Midi-Minuit 至尚系列

绚烂的阳光下，她是职场精英，优雅干练，丝毫不输于男性；迷离的夜色中，她又摇身一变成为聚会的宠儿、男士争相邀约的对象，唯一不变的就是与LANCEL相同的摩登百变。自由穿梭在白天与夜晚之间的LANCEL女郎们，Midi-Minuit至尚系列既是她们最佳的写照，也是最佳伙伴。

赛尔蒙与帕妮耶系列以印花棉质帆布为载体，用波普艺术的笔绘方式向憧憬自由和爱情的女士们展现了一卷发生于上个世纪20年代的动人故事。印在赛尔蒙和帕妮耶系列的帆布包身上的涂鸦与漫画图案，怎么看都让人联想起有着开放式结局的爱情故事。

BOTTEGA VENETA

宝缇嘉

HERMES
CHANEL
LOUIS VUITTON
FENDI Clutch TO YOU
COACH Hamptons
SALVATORE FERRAGAMO

我很在意晚装包。
BOTTEGA VENETA的"The
Knot"活结晚装包更是手包设
计中的经典,是明星红毯秀必
带的手包之一。它没有硕大的
LOGO、夸张的造型,有的只
是内敛且奢美的质料与工艺。

"The Knot"

活结晚装包 编织出的奢美

在我看来,喜欢BOTTEGA VENETA的女人们需要的是独
特的衣服及出色的配饰,但她们对任何明显及夸张的东西并没
兴趣。对她们来说,衣服是表达自己的一种方法,并不是个人
的目标。

也许你对BOTTEGA VENETA有点陌生,我想这
是因为它实在是太过低调,但低调中却有着你不得不
叹为观止的奢华。整块的梭织皮革,展露出绝顶的好
手感,BOTTEGA VENETA从多种厚度及光线的变化
中创造出一个低调华丽及超卓工艺的产品,去反映
BOTTEGA VENETA历年来的追求的质地、外观和结构
的平衡。而你肯定会在时尚Party中名门贵妇、好莱坞
明星的手上常常见到它,我的一些朋友也是因为喜爱
它的低调而选择它。

魅力女人
下
的50种奢侈品

BURBERRY
PRADA BVLGARI JHEMES PHILIPPE KGF JPEUS

介绍这个产品之前，你得要先了解BOTTEGA VENETA。它有着"意大利HERMES"之称，创始者是Moltedo家族，他们于1966年在意大利Vicenza设立总部，取名为"BOTTEGA VENETA"，意即"VENETA工坊"。Moltedo家族独家的皮革梭织法，让BOTTEGA VENETA在上世纪70年代发光发热，成为知名的顶级名牌。

BOTTEGA VENETA手袋一直以来都是以垂直式设计，但多半加入精巧工艺，令人叹为观止：以漩涡、植物为图案的编织皮革，精细的褶饰及缝针。不瞒你说，BOTTEGA VENETA的编制手袋之所以矜贵，在于纵横交错的皮革简直就是耗时耗工的手艺指针，以价格10万起的Cabat手袋为例，制作流程是，先各把两块皮上下黏合在一块儿，裁成条状后，再由师傅编织而成，等于动用到4片皮，据说2到3位师傅至少要花3到4天才能织成一只包；Veneta手袋也不简单，要先把一块光泽颜色毫无瑕疵的皮革，用机器按照固定间隔打出一个个洞，取另一块皮裁成条状，师傅再一格格把这条状皮革编到洞洞里头。这些身价不凡的包，除用小羊皮和鹿皮外，也推出鳄鱼皮的，造价46.9万元人民币，夺下全店最贵单品宝座。

而我这里想推荐的BOTTEGA VENETA的"The Knot"活结晚装包更是手包设计中的经典，是明星红毯秀必带的手包之一。它没有硕大的LOGO、夸张的造型，有的只是内敛且奢美的质料与工艺。BOTTEGA VENETA晚装包可以说是始于抽象，继而不断在两股相对力量如规律与失衡、克制与混乱之间进行探索。当中所需要的工艺技巧令晚装包演变为一件视觉艺术品。

这是一款需要重复细看的晚装包，首次接触时你可能未必体会个中意味。因其存在意想不到的配搭、不同的比例、无色的色调，以至于必须再次细看。它们是为使用它们的女人们而展示的，我时而也会乐于感受这种私人的奢华感。

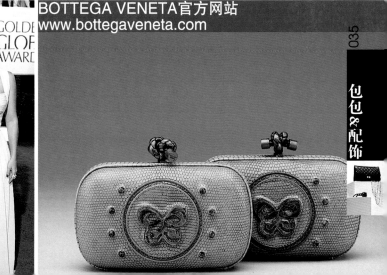

BOTTEGA VENETA官方网站
www.bottegaveneta.com

包包&配饰

MARC BY MARC JACOBS

MISS MARC 丑娃系列手袋

美国天才设计师Marc Jacobs的时尚大道路路畅通，走到哪里都手到擒来。

2007年秋冬季，Marc Jacobs针对年轻消费者创建的副线品牌Marc by Marc Jacobs（MMJ）设计灵感来自溜冰运动与四十年代——各式粗褶短裙与板鞋组合，宽松阔大而富动感的造型；再从甜美优雅出发，结合Marc Jacobs的设计元素，如校园女生、格纹与印花图案、层叠。如何配，如何搭，都洋溢一份随意的年轻女孩味道。

我觉得这个品牌的主张很特别，Marc Jacobs始终强调所有设计都应该可以任由大家Mix & Match。过去的、现在的，厚的、薄的，鲜艳饱和的颜色与灰黑白，如羊毛上衣层叠穿搭出色彩，羊毛衫配粗褶裙，雪纺衬衫裙配大毛衣，加围巾、裤袜等，十分自主！校园情绪与溜冰玩乐，促成大量格子图案、针织物，以及粗褶裙、板鞋的出现。

包身的卡通图案不仅不会显得幼稚，恰恰相反，独特的设计理念正是潮流的浪尖。每次的新品总会被一扫而空，场面绝对可谓壮观。可以随意搭配的帆布质地手感十分舒适、柔软。在外观上既可以肩背，也可以斜挎，难怪有这么多人愿意拥有它。

不要担心二线品牌过于年轻，掌管LV的Marc Jacobs深知谁才是真正有能力去买他作品的人。就像Miss Marc系列手袋，一向受到女人们的追捧，夸张的图案深深赢得了很多女人的心，很讨巧。

Miss Marc身材不苗条，甚至没有曲线美；她的脸蛋不迷人，经常以墨镜示人；她的笑容不甜美，但笑起来的魅力绝对无人能敌。这就是Miss Marc，你可以说她不美，甚至叫她"丑娃"。但就是这样一个丑娃，却引领了一种时尚。包身的卡通图案不仅不会显得幼稚，恰恰相反，独特的设计理念正是潮流的浪尖。每次的新品总会被一扫而空，场面绝对可谓壮观。可以随意搭配的帆布质地手感十分舒适、柔软。在外观上既可以肩背，也可以斜挎，难怪有这么多人愿意拥有它。

现在Miss Marc被赋予了更大的使命。呼吁大家关爱地球、拯救地球。既然责任这么大，Miss Marc单枪匹马显得势单力薄，因此她找来住在南极的企鹅好朋友一起上阵，结合时尚与环保，推出以有机苎麻制成的Miss Marc Goes Green系列手袋。

这系列包包不但选用有机材质，袋身上可爱的Miss Marc或企鹅图案更以不含化学物质、对环境无害的染料印染，制作过程中不破坏地球生态。Miss Marc提倡"一个地球、一个希望"的环保意识，而家乡环境岌岌可危的企鹅则大声疾呼："救救我的南极！"和Miss Marc一起携手来关爱地球吧。

包包&配饰

SAMSONITE

Black Label Fashionaire

新秀丽 系列

花开复古年代

真正的美是来自对传统的尊重，以及对古典主义的仰慕。

——Hubert De Givenchy

HERMES CHANEL LOUIS VUITTON TO YOU ACH Hamptons SALVATORE FERRAGAMO CELINE LANCEL BOTTEGA VENETA Marc by Marc Jacobs MISS MARC SAMSONITE GUCCI The Indy Bag MCM First Lady PRADA PHILIP TREACP HERMES BVLGARI PRADA

　　"一切过往的东西都会是一个新的开始"，我喜欢时尚圈的这句经典老话，它恰如其分地道出了时尚轮回的密语。

　　应该说，具有强烈风格特征的21世纪第一个十年，被称之为"Vintage Decade（复古年代）"。全世界的时尚人士开始纷纷将复古元素加入其造型中，欲营造一种独特而神秘的风格。因此，一切如同天意使然，SAMSONITE新秀丽Black Label奢华系列又再一次掀起了复古怀日风潮。

　　自从SAMSONITE在1968年首次推出FASHIONAIRE系列后，它便立即成为当时最炙手可热的旅行用品，更成为了那个年代最热门的时尚旅行标志。也是从那时起，具有实用功能的旅行箱首次被赋予了时尚内涵。

　　我觉得这一重新诠释的60年代系列被赋予印花图案的力量，它以经典的风格和现代的外形再一次完美呈现给21世纪的时尚旅行者们。FASHIONAIRE仍与它于1968年刚刚发布时一样顺应时尚潮流。FASHIONAIRE的设计理念使旅行者可以自由展示自己的个性和风格，给一直都被认为是枯燥乏味的旅程增添了许多趣味和时尚元素。

　　作为好莱坞备受注目的年轻女影星克里斯蒂娜·里奇（Christina Ricci）以其独到的时尚品位著称，也因此被SAMONITE选为FASHIONAIRE系列代言人，来展现这代表着经典与现代的个人魅力与独特风格的产品。

　　SAMSONITE BLACK LABEL的全新FASHIONAIRE系列具有现代外形的手提箱、化妆包，以及具有摩登外形和轻便滑轮的立式行李箱及购物袋，可以满足你任何时间、任何状况的需要。它选用了活泼鲜明的黑白花朵图案，带品牌标示的明亮橘色的棉缎里衬，将箱包打造出了时尚趣味，并且完美地保持了品牌自四十年前问世以来始终如一的经典品质。如今，SAMSONITE BLACK LABEL FASHIONAIRE系列使新一代的旅行者可以带着别致的怀旧风情踏上旅程，给机场这个秀场增添了一抹亮丽的风景。

在时尚界人士又开始钟情于图案设计的时候，FASHIONAIRE大胆的黑白印花正当潮流之巅。其外形和风格既实用又时尚，配件既经典又时髦。FASHIONAIRE系列证明了复古和时尚是可以集于一身的，一边缅怀过去的同时，一边启程飞向未来。

SAMSONITE BLACK LABEL的全新FASHIONAIRE系列具有现代外形的手提箱、化妆包，以及具有摩登外形和轻便滑轮的立式行李箱及购物袋，可以满足你任何时间、任何状况的需要。活泼鲜明的黑白花朵图案，带品牌标示明亮橘色的棉缎里衬，将箱包打造出了时尚与趣味，并且完美地保持了品牌自四十年前问世以来始终如一的经典品质。

SAMSONITE

品牌官方网站
www.samsonite.com

039

包包&配饰

HERMES

CHANEL LOUIS VUITTON

FENDI Coach TO YOU

COACH Hampeng

SALVATORE FERRAGAMO

BOTTEGA VEN...

GUCCI

The Indy Bag

古琦

一根手柄的成就

你能想象Indy Bag特色优美的弓形手柄的灵感竟然来自古董跑车的驾驶盘吗？完美的弓形设计比例增强了袋子整体的柔软和高贵的感觉，整个设计与灵感皆从20世纪50年代Gucci原创经典的Hobo手袋中取经。

波西米亚风自GUCCI创作总监Frida Giannini 设计的 Indy Bag系列推出后好像愈演愈烈了。Indy Bag已经成为品牌新的经典，矜贵且手工极精致的Indy Bag采用多种名贵质料，好像只有你想不到的，没有他们做不到的。别出心裁的款式包括了色彩斑斓的刺绣Bluebell图案；由蟒蛇皮制作的；在最新版本的GG LOGO帆布上，配以重新采用GUCCI Crest图案的；以鹿头为设计主题，结合merino羊毛和其他不同皮革的。Indy Bag系列喜欢运用鲜艳的色彩，包括黑、枣红、金属灰、铁锈色及无烟煤色。

LANSONTE GUCCI The Indy Bag MOM FineLinely (PRADA PHILLP TEAM FENDG Blueb...

0/40 魅力女人

新手柄设计成为了 GUCCI手袋的崭新标志。极度轻巧的beech-wood手柄完全由手工制作，其弯曲的弓形用创新的特别技术，包裹上皮革，并镶嵌两块刻有GUCCI LOGO的金属薄片，整个制作突现出艺术和时尚的完美结合。

　　可以把多种材料拼接玩得炉火纯青，我认为Indy bag做到了。新手柄设计成为了GUCCI手袋的崭新标志。极度轻巧的beech-wood手柄完全由手工制作，其弯曲的弓形用创新的特别技术，包裹上皮革，并镶嵌两块刻有GUCCI LOGO的金属薄片，整个制作突现出艺术和时尚的完美结合。

　　手袋的独特性还显示在竹节及皮革流苏等珍贵物料上，下方两侧镶有八块耀目的金属薄片固定其外形，同时与多款物料如"La Pelle Guccissima"皮革、金属、有机玻璃与鸵鸟皮互相配合，尽显奢华的现代感。

　　Indy Bag系列在世界各地已被公认为GUCCI的"It Bag"，在其各店铺已经接到众多顾客预订单。拥有这个手袋的名人List上包括凯莉·米洛（Kylie Minogue），琳赛·罗韩（Lindsay Lohan），艾里·马克弗森（Elle MacPherson），米莎·芭顿（Mischa Barton），撒尔玛·海耶克（Salma Hayek）及杰西卡·奥尔芭（Jessica Alba）……

　　要我说，在你的Shopping List上，一款Indy Bag是不能少的。

Indy Bag限量版

　　对于奢侈品与慈善的合作，始终抱着"多多益善"的态度，做善事总比不做要好得多。GUCCI独家呈现"GUCCI FOR" Indy Bag及捐助联合国儿童基金会计划是2007年GUCCI公司史上最具规模的慈善合作项目。此项全球活动有近200间GUCCI专门店参与，以帮助非洲撒哈拉地区受艾滋病影响的孤儿和儿童。延续过往的传统，创作

总监Frida Giannini特别设计了一系列独一无二的配饰及礼品。该系列产品所有销售收益的25%捐赠给联合国儿童基金会，协助马拉维及莫桑比克的儿童，为他们提供医疗保健、生活保障、清洁的食物和水以及教育。

　　Frida Giannini采用GG帆布制作该系列，并以鲜红色玫瑰花形装饰作为整个系列的亮点。花饰设计灵感源自马术用的装饰丝带，分别由皮质贴花、印花及瓷釉等不同材质组合而成；出现在主要配饰如红色皮质饰边的手袋和皮夹、新款红色皮革凉鞋和小型皮革产品上。此外，名贵的丝巾及闪亮的银色吊坠上亦有该花饰的压印图案。此系列最具代表性的是GUCCI推崇的特别版"GUCCI FOR UNICEF" Indy系列，红色的皮质手柄、红色长流苏以及纪念这款特别版的闪耀金属片使其更加备受瞩目。

包包&配饰

MCM

First Lady 第一夫人系列 德意志之耀

HERMES CHANEL LOUIS VUITTON FENDI Clutch TO YOU COACH Hamptons SALVATORE FERRAGAMO CELINE LANCEL BOTTEGA VENETA Marc by Marc Jacobs MISS MARC SAMSONITE GUCCI The Lady Bag MCM First Lady PRADA PHILIP TREACY HERMES BVLGARI PRADA

在欧洲想要涉及皮具市场是需要极大的勇气的，不但在质量上要精益求精，更要在产品的设计上有足够的自信心，MCM作为德国皮具的领头羊，不但拥有了这样的信心，更取得了让人信服的成绩。

创建于1976年慕尼黑的著名欧洲新奢侈品牌MCM (Mode Creation Munich)，最初以制作高级旅行皮具起家。在八十年代品牌的全盛时期，MCM生产包括手表、珠宝、香水、服装、箱包以及小型皮具等在内的超过五百款的产品。它时髦、奢侈而实用的手袋非常畅销。今天，MCM承袭其一贯的款式时尚、品质精良的风格与传统，演变成为全球的奢侈品牌之一，为一流皮件市场带来了主流的回归。

近年来，MCM的新设计师们瞄准全球职业男性与女性，使产品变得更加现代、年轻并更富运动感。MCM的所有手袋均采用最优质的材料，做工考究，所有的皮包都是手工制造，只采用最高级的材料，皮革柔软、耐用、防水并且能够抵御紫外线的伤害，内衬与装饰都是防水的（这也是我最喜欢的一点），并且经过染色，可以防止退色。

由于MCM的产品线过于繁多，所以在万般困难的取舍之下，我会选第一款拥有的First Lady系列蓝色手提包做推荐。之所以会选这款手提包，是因为我喜欢这个名字："First Lady"，但我更喜欢解释为"Super Woman"。我发现，不少真正的力量型女人会爱上这款手提袋。它简单却很实用，从20世纪70年代推出以后就被人们所崇尚追求，而今这个MCM的经典产品线再度诞生。MCM已经以更新潮更年轻的感觉重新设计了整个First Lady系列，为它增添了更青春的时代感，并采用最漂亮、最优雅、最时尚的法国和意大利浮纹皮革。

即便变得更年轻，First Lady还是一样那么适合办公室的环境，所以如果说哪款手提袋是去Office的首选，它可以排得上List的前三位。

［其他好推荐］

VISETOS JOKER系列

运用MCM典型的Visetos材质创造的著名特色聚乙烯帆布系列产品，其颜色、皮饰形状和粗厚的工艺线条为该产品系列增加了一种充满动感的现代性。此系列产品包括女用手提包、男用提包、旅行行李包以及特色小旅行包，满足最有品位的顾客各种各样的需求。

SILKY BLOOM系列

超软皮革手感极为细腻，如丝般舒适，颜色包括黑色、白色及多色糖果色。该产品系列可爱而高雅，可与任何风格匹配，特点是独特的MCM方形皮质徽章并饰有流苏装饰。

LADY CHIC系列

一个从不落伍的女士是时髦、漂亮而优雅的。本产品系列具有上述所有特性，其款式仅有两种尺寸，方便易用。经过非常漂亮的新鹿皮皮革工艺，该产品几乎产生一种潮湿的感觉，但是，如同永不过时的女士一样，它看起来非常高雅。

MCM追根溯源，自豪地回归其德国的原生产地。该产品系列体现丰富的传统及文化，坚持不懈地将旅游的内在愿望作为其主体思想。皮革采用精美的Cognac Visetos及软Vachetta装饰，经久耐用，象征着最极致的奢侈品。内衬采用有机环保的原始行李包帆布。

POP CROCO系列

该产品如今已成为特色MCM产品线信誉卓著者的品牌。与此前相比，已得到进一步升级，其精美的珐琅Croco 压花来自意大利最优质的供应商，为产品带来高级定制女装的品位。可分离肩带既实用又高档，让消费者可以根据场合需要选择不同风格。

我告诉你延长皮包寿命的小妙招

① 存放于通风阴凉处。

② 切忌曝晒、火烤、水洗、锐物撞击和接触化学溶剂。

③ 手袋未经任何防水处理程序，若蘸湿手袋，应该立即用软布抹干。

④ 磨砂皮切忌湿水，应以生胶擦及特别用品清洁护理，不应使用鞋油。

⑤ 应小心保护所有金属配件，潮湿及盐分高的环境会造成氧化。

⑥ 在收纳前先清洁其皮面，皮包内要放入干净的碎纸团或棉衫，以保持皮包的形状，然后再将皮包放进软棉袋中，收藏在柜中，且应避免不当的挤压。

⑦ 一般的皮质制品最好先上过皮革保养油，做法是将油抹在干净的棉布上，然后再均匀地擦拭表面，避免将油直接涂抹在皮件上，以避免损伤了皮件。

⑧ 鹿皮制品受污时，可直接用橡皮擦擦掉，保养时以软毛刷顺着毛质方向刷平就可以了。

"First Lady"系列简单却很实用，从20世纪70年代推出以后就被人们所崇尚追求，而今这个MCM最流行的经典产品线再度诞生。MCM已经以更新潮更年轻的感觉重新设计了整个First Lady系列，为它增添了更青春的当代感，并采用最漂亮、最优雅、最时尚的法国和意大利浮纹皮革。

包包&配饰

PRADA

普拉达黑色尼龙包

大牌中的异类Star

当人们想到时尚，总是想起疯狂的一面或陈腐的一面。但我认为这是错的。时尚是女人生活中重要的组成部分。

——Miuccia Prada

1978年，这个历史悠久的著名品牌被赋予了新的发展元素与活力。Miuccia Prada与其夫婿Patrizio Bertelli共同接管PRADA。Miuccia有着敏锐触感和大胆革新的精神，上演了一出力挽狂澜的时尚传奇。对于这样一位受过高等教育的女性，当时面临的首要任务就是对PRADA产品进行一番从用料到设计的改革。

在20世纪初期，有能力购买PRADA产品的顾客以贵族或者商人居多，而且当时的出行工具以火车为主，并且行李都有用人专门搬运，这部分人群对于产品的要求只有抗压耐磨防水而已，所以当时的各种皮具产品无一不是又大又重。随着汽车、飞机走进人们的生活，笨重的皮件不再吃香，一场设计的革命迫在眉睫。拥有过人智慧的Miuccia Prada早就着手于新材料的寻找。一次偶然的机会，她参加意大利空军的飞行活动，在空军基地她即刻间被空军使用的降落伞材质惊呆了，这种尼龙布料质轻耐磨，而且防水不怕明火，欣喜之余她将其用于自己的包袋设计之中。于是，一切顺理成章。她在1984年推出了PRADA具有传奇色彩的经典黑色"POCONO"尼龙背包。

黑色尼龙包之所以如此重要，是因为它打破了包袋只使用皮革的传统观念，不仅具备了耐磨防水的皮革手袋特性，更重要的是其轻便的使用感满足了市场的巨大需求，随即PRADA黑

包风靡全球，在东京、纽约、巴黎等各个时尚之都掀起了尼龙包狂潮，黑色尼龙包成为当时名副其实的It Bag。

我喜欢它的原因其实很简单，因为它使用起来真是非常便捷，并且实在很容易清洗和保养。现在的PRADA尼龙包不仅只有黑色可选，当然即使你选择了白色，也不必担心沾上果汁、酱油之类的污渍。黛米·摩尔就有这样一款银色的，也是不错的选择。相比于皮革手袋，轻便的尼龙包为我提供了足够大的容量，同时还比皮革手袋更加耐磨轻便，而且更可贵的是PRADA尼龙包是不怕明火灼烧的。

PRADA尼龙包的价格不会像皮革手袋那样昂贵，就像是诸多大牌里的异类。如果你想拥有高品质手袋，它无疑是最好的"入门级"选择。

怎样鉴别PRADA尼龙包？

在PRADA系列包包中，尼龙包是被仿得最厉害，也是仿得最像的。以下几点可以帮助你基本鉴别PRADA尼龙包。

材质上 PRADA尼龙包的材质是用降落伞材料做成的，这种材料耐热，厚实，坚韧度强，表面反光度不大，在放大镜下还可看出斜纹。假PRADA尼龙包则是用普通化学纤维制成，很轻薄又没有质感，手感上又厚又硬，从表面看不是非常光滑就是极暗淡，在放大镜下还能看出圆点状纹。

金属拉链上 真PRADA尼龙包的金属拉链分量重，假的PRADA尼龙包则轻，用眼睛就能分辨出来。还有一个重要细节就是拉链头的金属部分后面印有Lampo正体字小字样。

背带上 真PRADA尼龙包背带很有弹性、有斜纹路、表面不易起毛球，假PRADA尼龙包的背带则看起来比较单薄，没有什么弹性而且无斜纹。

价格上 一款真PRADA尼龙包是不可能低于销售价的一折或者以离谱的价格销售的，当碰到这么便宜的价格时，绝大多数情况下是冒牌的。

包包&配饰

> 帽子拥有神奇的力量，当一个女人戴上合适的帽子时，她立刻会感觉自己坐拥万般风华。
> ——Philip Treacy

PHILIP TREACY 菲利浦·特雷西帽子

头上风景

Philip Treacy，时装界最炙手可热的帽饰设计师，被喻为"全世界首屈一指的帽子魔术师"。我认为正是由于他的存在，才使曾经被我们常年忽略的帽饰变得主流起来。他出生于西爱尔兰一个小村落Ahascragh，而属于他的第一件作品应该是在年少时靠收集母亲饲养的鸡的羽毛作为素材，经过精心摆弄而诞生的帽子。从此，羽毛就成了这位帽饰设计师的最爱。几乎在他的每一次发布会中，都能够找到羽毛的影子。

成功男人的背后总是有一位或几位女性的支持，Philip Treacy也是如此。他人生轨迹的改变始于结识了著名时尚评论人Isabella Blow，我更愿意称呼她为"时尚狂人"。Isabella Blow在英国甚至整个欧洲素以头上疯狂的帽子和发掘时尚天才的慧眼著称，而Philip Treacy就是她最伟大的发现。Isabella

设计师轶事

　　在种种制帽的材料中，Philip Treacy最偏爱的是羽毛。按Philip Treacy自己的解释："我很爱羽毛。它们是最令人难以置信的材质，它们像是某种有生命的、会呼吸的物质。虽然轻，但是其实是很强的。它们看上去精致柔弱，但却在一只鸟的身体上颇生长了一些年，包含了生命的基础元素，远比我们想象的更强有力。"

Blow曾说过这样一番话："我从不把帽子当成一种工具，它是我身体的一部分。如果我感到消沉，我就去找菲利浦，向他要一顶帽子，将自己盖在下面，沉浸在帽子带来的奇妙幻境中。"对Blow来说，Philip Treacy的帽子比所有医生的灵丹妙药还要奇妙，对此我极为赞同，因为有时候对我同样有此功效。Isabella Blow出入任何场合都一如既往地佩戴Philip Treacy设计的帽子，成为了Philip Treacy最好的宣传和推广者，甚至在去世时也同样如此。

　　不过让Philip Treacy真正崭露头角应该是应Karl Lagerfeld的邀请为CHANEL1991年春夏高级定制服装设计帽子，之后他们的合作关系一直维持到今天，还是会继续友好创作下去。

　　Philip Treacy设计的最突出特点，就是让帽子不仅仅是帽子，或者有时根本不是帽子，"它们是那种半是建筑物，半是帽子的东西。确切地说，是某种建筑物、手工艺品、再加上某种魔力成分的混合物"。Philip Treacy设计的帽子大都是鲜艳、明丽，耀眼的，同时也是大胆的。他把自身的叛逆性格渗透在帽子里，使得这些帽子看起来是那么的与众不同。Philip Treacy曾对他的设计作过一些解释，他说："我的目的之一就是想鼓励喜欢时尚的年轻人多戴帽子，我要让他们觉得帽子并不是一成不变的，而是新奇和现代的代名词。"

　　Philip Treacy的帽子使戴上它的人充满自豪感，并且傲视一切，绝对是当之无愧的奢侈品。或许你跟我一样没有什么机会戴这样一款艺术品，毕竟我们不需要经常走红地毯。但买回来作为一种珍藏，也绝对是件让人快乐的事。

包包&配饰

TIPS

① 帽子的大小以"号"来表示。帽子的标号部位是帽下口内圈，用皮尺测量帽下口内圈周长，所得数据即为帽号。我国帽子的规格从46号开始，46~56号为童帽，55~60号为成人帽，60号以上为特大号帽。号间等差为1cm，组成系列。

① 选购帽子时要注意既要大小适合，与服装和其他服饰颜色风格配套，适于穿着场合，又要与自己的脸型、身材、年龄、发型相协调。长型脸宜戴宽边或帽沿下拉的帽子，宽型脸应戴有边帽或高顶帽；个子高者不宜戴高筒帽，个子矮者不适合戴平顶宽边帽；年长的不宜戴过分装饰的深色帽；短头发者适合选择将头发遮住的帽子等。

① 一般说来，缝制帽针迹要整齐、清晰、不脱线、无污渍；针织帽要无跳针、断线、漏针等现象；草编的草色应均匀，帽体有弹性；麻编帽编织应整齐均匀，表面无接头，手捏陷后能迅速恢复原状。

① 英国的议员们在议会大厅开会时是不允许戴帽子的，只有一种帽子挂在墙上专供发言者戴，谁发言谁戴，依次相传。有时遇有意见不一致而发生激烈争论时，大家就你争我夺地抢帽子，犹如赛场上的足球一样，热闹非凡。

① 单色帽各部位应色泽一致，花色帽各部位应色泽协调；经纬纱无错向、偏斜，面料无明显残疵；皮面毛整齐，无掉毛、虫蛀现象；辅件齐全；帽沿有一定硬度。

我在欧美国家时明显发现，中国女人对帽子的热爱远不及欧美女士。这源自不同的文化和地域风俗。Philip Treacy设计的帽子大都是鲜艳、明丽的，耀眼的，同时也是大胆的。他把自身的叛逆性格渗透在帽子里，使得这些帽子看起来是那么的与众不同。

包包&配饰

HERMES 爱马仕丝巾
颈间密友

1937年，适逢爱马仕品牌诞生100周年，爱马仕印制了第一条爱马仕丝巾。从此，丝巾将爱马仕引入了新的奇遇，而我们则多了一位在颈间的亲密朋友。

HERMES CHANEL LOUIS VUITTON FENDI Clutch TO YOU COACH Hamptons SALVATORE FERRAGAMO CELINE LANCEL BOTTEGA VENETA Marc by Marc Jacobs MISS MARC SAMSONITE GUCCI The Indy Bag MCM First Lady PRADA PHILIP TREACP HERMES BULGARI PRADA

　　一方小小的丝巾动辄几千块，甚至上万块，让不少人百思不得其解，其实当你了解多一些，并且如果它是一条HERMES丝巾的话就更不难理解了。我很喜欢丝巾，坚信它一定是轻松改变形象的"神奇魔具"，丝巾这种精致、柔软的奇妙画布，总能承载女人丰富而美妙的梦想。HERMES每年发布春夏、秋冬两个系列的丝巾，每个系列有12种不同的设计款式，其中6款是全新图案设计，其余6款则是经典图案的重新配色。HERMES用丝巾讲述着一处风景、一段佳话，抑或一次次在人生舞台上的曼妙舞蹈。

你的HERMES是这样制成的

　　一方HERMES丝巾的诞生，凝聚了无数精巧绝伦的工艺。艺术家对于颜色组合、图案架构、布局及视觉平衡等一丝不苟，直至图样确定。而色彩师们根据潮流、图案的设计特点，对图案进行配色工序。他们把众多偶遇的生活灵感，运用到色彩搭配之中，直到选择出最符合图案设计精髓的配色方案，将设计灵感谱成美妙色彩。

❶ 丝巾的图案经过确认后，颜色委员会负责根据系列产品的要求，将图案分成六到十种不同的色差。每种颜色都要经过特别的研究，并用手工进行修改。据统计，一条丝巾的制版大约需要600小时。

❷ 用各种颜料制备印刷用的染料。将颜料按照秘密的"配方"混合在一起，进行蒸煮，并加热。

❸ 每种混合好的染料都要经过艺术家们多次检查，以确保与样品上的颜色毫无二致。

❹ 每个印花台长一百米，必要时可以同时印制一百块丝巾（传统的丝巾边长为九十厘米）。

❺ 工人通过模板均匀地涂上染料。

❻ 印好的丝巾要再次经过检查，才能够到达顾客的手中，与顾客相伴久远。而仅轻柔的人工卷边，每条丝巾就至少费时30分钟。

　　在经历了18个月的精细制作后，一方以手工缝制的、令人爱不释手的HERMES丝巾终于得以送到你的手中，在看到HERMES丝巾的那一刻起，你会知道一切的等待都是值得的。

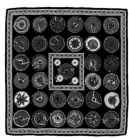

在配饰中，我怕是对丝巾情有独钟。HERMES丝巾的诞生，凝聚了无数精巧绝伦的工艺。艺术家对于颜色组合、图案架构、布局及视觉平衡等一丝不苟，直至图样确定。而色彩师们根据潮流、图案的设计特点，对图案进行配色工序。他们把众多偶遇的生活灵感，运用到色彩搭配之中，直到选择出最符合图案设计精髓的配色方案，将设计灵感谱成美妙色彩。

搭配守则

你是否厌倦了千篇一律的职业装？那你可用丝巾突围而出，使整个造型变得有亮点。而且丝巾本身就有很多种打结的方法，这也能让你变换不同的造型，让你的成熟品位再胜一筹。

● 规则的图形花纹，端庄大方，所以最适合黑白的职业装打扮，打个小结就很庄重。

● 将一端打结，另一端重复两次穿过那个结，如此佩戴的丝巾会使你看上去端庄秀丽，配上盘发、浅蓝或绿色的上衣，更显漂亮大方。

● 黑底碎花的长丝巾，将两端交叉后，其中一端向前绕过，简单的佩戴方式配上清爽的短发和白色的上衣，显得文静贤淑、清纯美丽。

● 在胸前打一个大蝴蝶结，结上搭配一件精美的小饰物，若配上潇洒的乱妆或浪漫飘逸的披肩长发，这样的造型最适合藕荷色的轻薄丝巾。

包包&配饰

BVLGARI

宝格丽太阳眼镜 极致考究

太阳眼镜总会适度地显示出星味来，只要稍加装饰就使女人们变得异于平常，耀目无比。想让自己看起来像个超级明星，任谁都不会拒绝的，不是吗？

作为顶级奢侈品牌，BVLGARI无论是在其任何产品线上都是精益求精，力求完美的。对于眼镜，尤其是太阳眼镜，我一向持慎重的态度。佩BVLGARI太阳眼镜可以打消那些"乱七八糟"的顾虑，它戴起来舒服，即使阳光再刺眼，你完全可以相信它会给你提供贴心的保护。

我喜欢BVLGARI太阳眼镜，在于它眼镜框的设计尤为讲究，有款还是限量生产，所使用的色调在材料运用却不流俗套。框面以大胆成熟的趋向，在材质、颜色、形状上整体表现得相当协调平衡。BVLGARI均衡地融合了古典主义的特色，这点我认为最值得称道。它不仅对古典艺术的执著追求，同时持续创新设计风格和发现新素材。设计简洁流利，镜架结构和切割巧妙，注重色彩运用，精心考虑到

术与结构的细节，爱好体积感、线形与对称性，我会觉得选择这种眼镜可以消除任何犹豫。

如今，BVLGARI经典的椭圆形图案不只在珠宝上大放异彩，它又化身为全新特别版太阳眼镜系列的焦点元素。椭圆形图案平行重复，醋酸纤维材质的镜脚镶嵌晶莹剔透的水晶，营造出与众不同、宛如面罩般的镜框，适合大胆不羁的女性；而醋酸纤维镜框版本则更适合偏爱传统材质的女性。

Quadrato是宝格丽最具标志性的图案之一，对这个元素的不同演绎在单色版本中营造出令人惊叹的优雅效果，形成边框的水晶成为独具特色的标志，而在双色版本中，黑色醋酸纤维镜框与白色和焦糖色形成鲜明对比，我不得不佩服设计师们的独特匠心。

BVLGARI以自身的优势，将珠宝与太阳眼镜完美地融合。想象一下，在某个烈日骄阳的午后，戴上你的BVLGARI Parentesi水晶太阳眼镜，饮一杯红茶……怡然自得。

TIPS

① 镜片颜色以浅灰色、茶色或者轻烟色为上乘；其次是绿色、琥珀色、蓝色等；红色仅供日光浴时或在雪地上使用。

② 驾车出行时最好使用偏光太阳眼镜，可以有效地减弱强光刺激。

③ 戴上太阳眼镜后，别人仍能非常清楚地看到你的眼睛，这说明你的镜片颜色太浅。

④ 当太阳下山时，建议最好移去太阳眼镜。否则，在光线较弱的地方视力会受到影响。

⑤ 脸型较瘦长的人适合选择圆形镜框太阳镜；脸型较小的人则可以选择宽厚的方形眼镜以扩大视觉点。

⑥ 最好选用安全的树脂镜片，以防发生意外时眼镜碎片扎伤眼睛和脸部。

⑦ 此外，眼镜的大小、镜片的表面处理、屈光及弯弧度也是太阳镜养眼和护眼的必要条件。

我注意到,女人大多喜爱太阳眼.BVLGARI宝格丽太阳眼镜框的设计尤为特别讲究，所有款式都是限量生产，所使用的色彩又相当实用却不流俗套。框面以大胆成熟的趋向，在材质、颜色、形状上整体表现相当协调平衡，BVLGARI宝格丽均衡地融合了古典与现代特色。

包包&配饰

PRADA

普拉达
钥匙扣与手机链
童趣并奢侈着

> 我从来不会迷失，面对纷繁变幻，总是相当理智和清醒。我从来就没有害怕过任何变化。

——Miuccia Prada

HERMES CHANEL LOUIS VUITTON FENDI Clutch TO YOU COACH Hamptons SALVATORE FERRAGAMO CELINE LANCEL BOTTEGA VENETA Marc by Marc Jacobs MISS MARC SAMSONITE GUCCI The Indy Bag MCM First Lady PRADA PHILIPP TREACY HERMES BVLGARI PRADA

我想对于Miuccia Prada来说，设计一定是个不断尝试和创新的过程，需要有不妥协的探索和实验精神，而这也是PRADA如今仍屹立在时尚圈"风口浪尖"上的不二法则。经历着如此不断的探索与实验的过程，PRADA诞生了一系列真正具创新精神和令人印象深刻的设计元素，这些最终成为了时尚界的当代经典。

正如Miuccia Prada所说，PRADA所设计和生产的基本上是当前市场上没有的东西，所以，每一个系列的问世，都经过了通透的钻研和考查，选用的可能是现代技术，也可能是古老工艺。例如，当他们决定用金箔的时候，他们就会要求法国古老的作坊重新采用他们已经停止使用的原始制作方法。

因此，PRADA的每个系列都充满了令人兴奋和意外的元素，而这些只是证明了Miuccia Prada无穷尽的想象力和创造力。不知从何时开始，手机链、钥匙扣这些以往不曾登大雅之堂的小配件成为大牌设计师们能够自由发挥设计创意的最佳物件。钥匙扣，精致小巧、美观大方，是每天都会随身携带的日常用品。以前我对这些小配饰不大在意，2004年在PRADA的时装秀上，看到了由Miuccia Prada设计的首款TRICKS系列饰品，有种惊叹不已的感觉。此系列随后在全球时尚界卷起一股旋风。带有机器人、唇膏和高跟鞋等形象的迷你挂牌、挂饰出现在人们的背包或皮带上。摩洛哥皮制加以金属饰物，使之成为个性十足的时尚配饰，让人

耳目一新。

　　TRICK钥匙扣系列以PRADA精选的皮革Saffiano为质材，加上小巧别致的金属带或金属钉扣作为点缀，并以种类繁多的形状及图案，散发无限想象力。有的款式灵感来自孩子玩具或科技世界的意念，包括象征海盗的骷髅头图案、玩具刀、玩具枪和女士高跟鞋，后者则包括炮弹及机械人等，造型很有趣。

　　而最新问世的是手工制作迷你TEDDY泰迪熊系列和灵感来自PRADA创始人Mario Prada先生早年所设计的配饰的旅行怀旧系列。泰迪熊系列由PRADA工厂的工匠手工精心制作，原材料均为人造毛以及来自制作车间的可循环使用的材料。

　　泰迪熊系列挂饰共有五款，它们分别叫做：ULISSE、ACHILLE、QUIRINO、NERONE与NARCISO。生动可爱的泰迪熊将唤起深藏在每个人内心深处的童真。它们被配以消费者惯用的弹簧锁挂钩，可以将其任意地挂在背包或皮带上，也可用作钥匙扣饰物。

　　PRADA在历史上首次推出了经典产品的再版。1930年，作为旅行爱好者的品牌创始人Mario Prada先生首次推出了此系列产品，当时用于装饰男性汽车仪表板的磁贴。这些别具一格的金属饰品均刻以"Buon Viaggio（旅途愉快）"字样，共有三种不同的款式，都配有弹簧锁挂钩和银制PRADA小标牌。

　　简约的PRADA，现在一改严肃作风变得童心未泯起来，用新颖别致的配饰来装扮天真倒也相对比较容易。给钥匙选择搭配自己喜欢的钥匙扣，不仅可以体现出个人的品位与个性，也能给自己带来愉快的心情。偶尔在我们打开皮包时，看到充满着童趣的PRADA钥匙扣随后的一个会心微笑，让一整天的心情都变得明艳起来绝对是件很不错的事情。

包包&配饰

鞋子

SEPPE ZANOTTI   STUART WEITZMAN   JIMMY CHOO   TOD'S GOMMINO
RISTIAN LOUBOUTIN   MANOLO BLAHNIK   ROGER VIVIER   GUCCI
ANEL   SERGIO ROSSI   UGG AUSTRALIA   SALVATORE FERRAGAMO

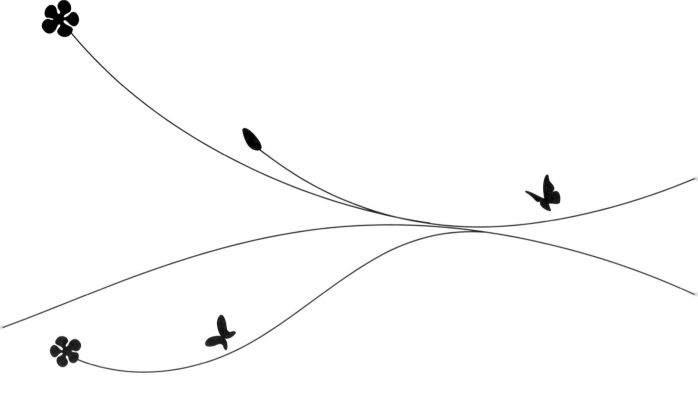

GIUSEPPE ZANOTTI

JIMMY CHOO TOD'S GOMMINO Christian

Manolo Blahnik

Roger Vivier

GUCCI

CHANEL

Sergio Rossi

UGG Australia

SALVATORE FERRAGAMO

Manolo Blahnik GIUSEPPE ZANOTTI STUART WEITZMAN JIMMY CHOO

Roger Vivier GUCCI CHANEL Sergio Rossi UGG Australia

Christian Louboutin Salvatore Ferragamo

GIUSEPPE ZANOTTI

朱塞佩·萨诺第鱼嘴高跟鞋 红毯宠儿

鞋履的制造程序是成功的关键，没有造鞋师的精湛技术，鞋款永不会诞生。
——Giuseppe Zanotti

Giuseppe Zanotti现年50岁，生于意大利拥有长久造鞋历史的San Mauro Pascoli镇。最初，他以设计学徒的身份入行。其后，他开始为多间意大利及国际公司设计鞋款。1994年，他决定自立门户，自此他的名气不断上升并获得举世认同，一直享誉至今。他设计的系列鞋款样式独特，全因完美地结合设计触角及高级品质，Giuseppe Zanotti认为技巧与品位应该相互共存，令所有意念融为一体。他无疑是一位异常细致敏锐的人，而且个性独特。对于Giuseppe Zanotti来说，造鞋不只是单靠创意，结合精密宣传策略及赞助名人计划才让GIUSEPPE ZANOTTI的鞋履红遍全球。

而GIUSEPPE ZANOTTI的鱼嘴高跟鞋低调而震撼的设计，以精巧细节建构出鞋履外形，是设计触动人心的关键。优质选料中包括麂皮，在黑色及红色漆皮的镜面效果映衬下，巧妙地带出独有的光泽。有时候也会采用全新的亮面布料，如同旧镜子一样反映出经时间洗礼后带来的缺陷美。带有球形图案的兽纹印花引发出物料光泽，有效中和此等皮革的强烈效果。其他不可或缺的经典奢华物料包括鳄鱼皮、鸵鸟皮及蟒蛇皮。鞋履外形比以往减少了圆浑的设计，高鞋跟包括必备的9厘米、10厘米以至11厘米的设计。当然少不了幼身船跟厚底鞋，为鞋履焕发轻盈和谐的感觉，鞋身中间位置偶尔会衬上感觉低调的胸针形衬饰或珠宝饰扣。

那所谓的鱼嘴鞋就是指鞋头顶端有一块鱼嘴形镂空，刚好裸露出一两个脚趾的设计，又叫露趾鞋。我特别喜欢在Party上用它来搭配晚礼服，绝对加分。值得一提的是，穿鱼嘴鞋时，因为脚趾需要露出，我每次穿鱼嘴鞋之前，都会去做下指甲，连皮肤也一定要保养完美，并涂上指甲油，整个搭配才会更加性感，吸引众人的目光。

黑色金属跟短靴

黑色丝质的GIUSEPPE ZANOTTI限量版短靴缀满闪亮的施华洛世奇黑色水晶,每时每刻都显现出其华贵而优雅的气质。全球仅限100双,每一双短靴均附有GIUSEPPE ZANOTTI的专属编号。

水晶鱼骨造型缎面高跟鞋

具有讽刺意味的鞋子,但又是那么具有女人味。夸张的装饰加上夺目的钻石,想不张扬都很困难。可是,这样的季节,这样的你我,张扬又有什么不对呢?在《Sex and the city》(欲望都市)电影版中Samantha全身只穿着她的GIUSEPPE ZANOTTI和寿司等待男友回家,性感无比。

GIUSEPPE ZANOTTI的鱼嘴高跟鞋低调而震撼的设计,以精巧细节建构出鞋履外形,是其设计触动人心的关键。优质选料中包括麂皮,在黑色及红色漆皮的镜面效果映衬下,巧妙地带出独有的光泽。有时候也会采用全新的亮面布料,如同旧镜子一样反映出经时间洗礼后带来的缺陷美。

鞋子

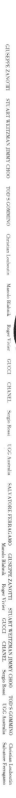

STUART WEITZMAN

斯图尔特·韦茨曼防水底高跟鞋

Everybody Loving It！

> 我时常认为，一对漂亮的鞋子亦应
> 该令人穿得舒适，否则再美丽也不管
> 用。
>
> ——Stuart Weitzman

Stuart Weitzman在它的防水底高跟鞋中展现
了其无可比拟的大师风范。这位设计大师将数种风
格元素与经典触觉，融合入这一鞋中，带来无与伦
比的前卫感受，特别是在鞋子前和鞋跟后都包有金
属，ROCK味道浓得不得了。

初级鞋柜基本配置

中跟浅口便鞋，黑色与褐色各一双；露跟女鞋一双；黑色齐膝皮靴一双；黑色或褐色短靴各一双；褐色或黑色系带便鞋一双，懒人鞋也可；晚装凉鞋一双；正装凉鞋一双；休闲凉鞋一双；运动鞋一双；恶劣天气时用的靴子一双。

星级鞋柜

芭蕾平底鞋；中跟浅口便鞋及露跟背带鞋；高跟（三到四英寸）浅口便鞋及凉鞋；褐色羔皮的齐膝靴子；低跟（一英寸或平跟）拖鞋或木屐；金属光泽凉鞋；饰人造宝石凉鞋；蛇皮凉鞋；平底的皮凉鞋；鳄鱼皮浅口便鞋或靴子。

现在，好莱坞正在刮起一场名为"STUART WEITZMAN"的飓风，在那里人们为之疯狂。实至名归的"晚装鞋宗师"Stuart Weitzman保持着旺盛的设计欲望，每年都会为拥趸者们设计三百多款巧妙绝伦的鞋履。但即使款式变化万千，却始终贯彻着Weitzman多年前于其父亲鞋厂内所累积的心得。想当年，在名牌学府Ivy League毕业后的Weitzman，到父亲的鞋厂当学徒，从最基层开始做起，几乎每个传统造鞋工序都亲身操作过。正因为这段学徒期，使得Weitzman成为当今鞋履界中少数拥有专业造鞋知识的鞋履设计师之一，也因而深深体会到徒具外表的设计绝对不可能满足苛刻的顾客们。

将最普通的用料变幻出非一般的效果是Weitzman最拿手的，加上本身具备的造鞋知识，令他的新颖设计不时也夹杂着奇特的选料，如栓木、竹，甚至24K金等。Weitzman对时尚及舒适的执著，除了令他在设计界中广受推崇外，更赢得好莱坞女星们的忠实爱戴。碧昂斯、安吉丽娜·茱莉及琳赛·罗翰……真的是钟爱他的鞋子。我会注意到，Stuart Weitzman的七彩饰石晚装鞋时常现身于奥斯卡或艾美奖等全球瞩目的盛事之中，成为全场的焦点所在。从2002年起，Stuart Weitzman为奥斯卡入围提名的明星提供全球"仅此一双，独一无二"的"百万美元鞋履"设计，在奥斯卡红毯上大放异彩，势必在今后更加光彩夺目。

Stuart Weitzman在它的防水底高跟鞋中展现其无可比拟的大师风范。这位设计大师将数种风格元素与经典触觉，融合入这一鞋中，带来无与伦比的前卫感受，特别是在鞋子前和鞋跟后都有金属，ROCK味道浓得不得了。STUART WEITZMAN的这款鞋会是你鞋柜里的主角。

鞋子

JIMMY CHOO

周仰杰角斗士式高跟鞋
一场与STILETTO的爱恋

JIMMY CHOO

> 穿什么不打紧——只要你配衬好的鞋履及手袋，一身打扮就会变得出众得体。
> ——Tamara Mellon，JIMMY CHOO创办人及总裁

1996年，JIMMY CHOO品牌由Tamara Mellon与伦敦东部的大师级手工鞋匠Jimmy Choo先生创立。当时的配饰市场单调乏味，出售的产品型格欠奉，Tamara凭借作为时尚杂志配饰编辑的职业敏感度，意识到市场对时尚实用鞋履的需求，因此顺理成章推出了时尚成品鞋履系列。JIMMY CHOO首先于伦敦Knightsbridge开设第一间分店，凭着趣味十足、华丽而"性感得恰到好处"的设计，旋即成为备受肯定的创意鞋履。1998年，JIMMY CHOO于纽约开设了首间分店，继而于1999年在洛杉矶开设第二间分店。品牌一举成名，风靡好莱坞年轻一族，成为红地毯上的不二之选，甚至跃升为奥斯卡得主哈里·贝瑞（Halle Berry）及希拉里·斯旺克（Hilary Swank）等红星的幸运标记。

女性天生对于高跟鞋的迷恋，使Tamara 成功地将时装配饰提升至令一众影视红星爱不释手的地位，由歌坛天后碧昂斯唱颂JIMMY CHOO美得令人目眩的高跟鞋系列，以至奥斯卡获奖女星相继选择以JIMMY CHOO鞋履步上红地毯，足证品牌在名人圈内的非凡地位，为品牌带来不可多得的推广作用，最终得到了英国时尚大奖的垂青，实至名归。这里我要提到，JIMMY CHOO一直都认为鞋子的4英寸高跟是个健康问题，高了或矮了的高跟鞋都会令人不舒服，对人体的平衡也不好。

角斗士式高跟鞋不仅具有致命的吸引力，还不时透露些许女性的坚毅。不论是搭配晚礼服还是日常装，都会有不错的效果。JIMMY CHOO的角斗士式高跟鞋我觉得蛮有创意，它具有动物纹样的外观效果，具有十足的野性美。而正如Jimmy Choo先生本人说过的："时装界潮流瞬息万变，大头、超高跟等都并非主流，主流的永远是舒适。"这双鞋也同样如此。

鞋子

TOD'S GOMMINO 豆豆鞋

鞋子，在童话里常常是摆脱惨淡人生的利器……衣裳和鞋子，要么展示着我们的外表，要么表达出内在品质。

——《童话之解析》，玛丽·路易斯·冯·弗朗茨

GIUSEPPE ZANOTTI

STUART WEITZMAN JIMMY CHOO

TOD'S GOMMINO

Christian Louboutin

Manolo Blahnik

Roger Vivier

GUCCI

CHANEL

Sergio Rossi

UGG Australia

"在意大利才能找到世界上最棒的鞋子"——这几乎是毋庸置疑的真理，来自意大利的TOD'S便是以创造出了被形容为像是走在水床上，完全没有压力的"GOMMINO豆豆鞋"，而成为意大利制鞋业的佼佼者。我喜爱它的完美质地和创造力，经典与现代的巧妙结合，这些也是TOD'S集团得以长期占据国际市场重要地位的战略原则。TOD'S的成功故事就像电影情节一样，一名小伙子继承了家族生意，并引入新一代的为商之道，引领生意突破从前，迈向国际。Diego Della Valle便是这时装电影的主角。意大利籍商人Diego于上世纪70年代继承了祖父于1900年初开设的一间小型鞋厂，并把鞋厂由家族作业转型成小工业。

不做设计的Diego先生却对市场有着敏感的嗅觉，观察到那懂得奢华生活品位的上流社会人士，即便有一百双好鞋，但是在休闲时刻，却没有一双能够跟他们的身份相匹配的高品质好鞋，可以尽情地没有压力地开跑车、逛街、购物，而这正是GOMMINO豆豆鞋诞生的源头。虽然款式不同，但每一双豆豆鞋鞋底都有133颗"豆豆"，其实好鞋最花时间的部分都是在看不见的细节上，而这些细节才是创造出精致高级感的最关键之处。

GOMMINO豆豆鞋将传统的意大利风格与舒适的感受相融合，适合在各种场合穿着。TOD'S豆豆鞋的灵感源于20世纪50年代的"驾车鞋"，这款鞋也确实很适合在开车的时候穿，至少我是这样觉得的。鞋底由133粒橡胶豆豆组成，踏在地面上的感觉尤其好。多年以来，豆豆鞋的风格不断更新，还衍生出众多在材质、色彩和细节上各不相同的款型。尽管TOD'S豆豆鞋在最初推出时只专为夏季而设计，但装有厚厚橡胶底的冬季鞋款也获得极大的成功。TOD'S豆豆鞋所有的一切都是手工制作的。

每天，在TOD'S的工厂里，上千位工匠用自己的双手缝制出一款款豆豆鞋。那里的仓库储备着来自世界各地最优质的皮革，专家们会仔细检验每一件皮革，包括颜色、厚度和质地，即便是有最微小的瑕疵，也会被淘汰。随后，进入产品制作过程，从最初的手工皮革切割，到把不同的部分缝制在一起，一款TOD'S豆豆鞋成品经过的工序多达100多道；最后，产品还要经过严格的手工检验，然后交到对它狂恋不已的人手上。

TOD'S牵手格温妮丝·帕特洛

继获得空前成功的2008冬季系列后，TOD'S再次与《恋爱中的莎士比亚》的金像奖影后格温妮丝·帕特洛合作，于伦敦展开了与上季同样极具规模的拍摄。选址伦敦，对TOD'S主席Diego Della Valle来说，是再自然不过的选择。他称："伦敦现在正是全球活力的中心，而TOD'S亦是广为人知的世界品牌。前两季是纽约，之后是意大利，现在则是伦敦了……"

TOD'S豆豆鞋的灵感源于20世纪50年代的"驾车鞋"，这款鞋也确实很适合在开车的时候穿。鞋底由133粒橡胶豆豆组成，踏在地面上的感觉尤其好。装有厚厚橡胶底的冬季鞋款也获得极大的成功，TOD'S豆豆鞋所有的一切都是手工制作的。

鞋子

CHRISTIAN LOUBOUTIN
克里斯汀·鲁布托裸靴
随"红"去沉醉

> 你要是去参加舞会，请穿法式高跟鞋：这是一种时尚，尽
> 管走路跟跟跄跄，却显得你跳舞很在行。
> ——18世纪法国歌谣

Christian Louboutin 出生于巴黎一个中产家庭，当时年纪小小的他已踏足于1978年开业的著名夜总会The Palace，开始接触五光十色的夜生活，并在高级时装国度熏陶下成长。他对鞋履设计充满热诚，早在十三岁那年他便向艺术舞蹈员推销自己设计的鞋款。Christian Louboutin 在加入Follies Bergères时正式开始学徒生涯，其后任职于罗曼斯市的Charles Jourdan，进一步钻研传统的大师级造鞋工艺。他于1988年加盟Christian Dior旗下的时尚著名鞋履品牌Roger Vivier，并协助筹备品牌的回顾展，因而有机会接触不少经典名鞋，例如伊朗国王于统

GIUSEPPE ZANOTTI

STUART WEITZMAN JIMMY CHOO

TOD'S GOMMINO

Christian Louboutin

Manolo Blahnik

Roger Vivier

GUCCI

CHANEL

Sergio Rossi

UGG Australia

SALVATORE FERRAGAMO

GIUSEPPE ZANOTTI   Manolo Blahnik

Roger Vivier

STUART WEITZMAN JIMMY CHOO

TOD'S GOMMINO

GUCCI

CHANEL

Sergio Rossi

UGG Australia

Christian Louboutin

Salvatore Ferragamo

Pigxtras
The Harmony Korine Purple
All rights reserved, 2008

WARNING: This publication contains explicit adult material
and is for view by consenting adult material

治时期所穿的鞋款，以及绝代名伶玛琳·黛德丽的钻石高跟鞋。

1992年，他在巴黎开设个人旗舰店，而CHRISTIAN LOUBOUTIN 品牌亦正式诞生。早期的"Love"、"Trash"等系列都极具女人味，鞋款设计糅合创意与华丽，而且更秉承了意大利的精湛手工工艺，品质无与伦比，迅即一炮而红。他喜爱园林景致，并对东方文化色彩趋之若鹜，因此亦为他带来丰富的设计灵感。他曾游历的地方由乌兹别克远至约旦，之后他更决意在尼罗河畔建立自己的个人王国。

红底鞋是CHRISTIAN LOUBOUTIN 的招牌标识，凸显女性的柔媚、美丽和不张扬的成熟性感。在我第一次看见它的时候就被深深吸引，沉醉在那一弯"红"中。

CHRISTIAN LOUBOUTIN高跟鞋的红色鞋底商标刚开始的时候有点含糊，然而似乎是他在设计一双鞋子的时候，当他看到他的助手把自己的指甲涂红之后，他便受灵感启发立即抓住精美的鞋底，直接将红色涂在样品鞋底上。由于效果不错，他起初想让他所有的鞋子的鞋底都涂上不同的颜色，但是在看过大量的红色鞋底的鞋之后，他打消了这个想法并且让红色鞋底成为了他的签名。安吉丽娜·茱莉几乎在

鞋子

GIUSEPPE ZANOTTI STUART WEITZMAN JIMMY CHOO TOD'S GOMMINO Christian Louboutin Manolo Blahnik Roger Vivier GUCCI CHANEL Sergio Rossi UGG Australia SALVATORE FERRAGAMO GIUSEPPE ZANOTTI STUART WEITZMAN JIMMY CHOO GUCCI CHANEL Sergio Rossi UGG Australia Manolo Blahnik Roger Vivier

070 魅力女人（上）的150件廉奢品 Christian Louboutin Salvatore Ferragamo

所有重要场合亮相时都穿着他设计的鞋子。

　　无论何种女人，穿上高跟鞋也会变性感。更何况是一双红底高跟鞋，而现在又变成一双红底的裸靴。CHRISTIAN LOUBOUTIN的裸靴及到脚踝处，搭配A字裙的效果非常好。我有时也会选择它搭配职业装，干练之余还会有性感的调性。对品质与传统工艺的坚持，始终是CHRISTIAN LOUBOUTIN的永恒原则。

设计师轶事

　　在Christian Louboutin12岁的时候，他经常逃课去法国的一些夜总会看女模特表演，因为他被她们穿的高跟鞋所吸引并以此作为他成为一个高跟鞋设计师的精神动力，他说："那些女模特们对我的影响很大，如果你喜欢高跟鞋，那便是真正的最初的高跟鞋，那是关于腿，穿什么行走，身体的装饰的全部。她们是最初的偶像。"

再怎样普通的女人，穿上高跟鞋也会变性感。更何况是一双红底高跟鞋，而现在又变成一双红底的裸靴。CHRISTIAN LOUBOUTIN的裸靴及到脚踝处，搭配A字裙的效果非常好。

鞋子

MANOLO BLAHNIK

莫罗·伯拉尼克金色高跟鞋
大师级的享受

> "我是Sarah Jessica Parker，我有超过100多双Manolo Blahnik的鞋子。我并不为自己的这个习惯感到骄傲，但那确实是我处理自己可支配收入的办法。"

据说在40步外，人们就可以准确无误地凭优美的弧线认出MANOLO BLAHNIK。对于这个说法我并没有准确地验证过，但是MANOLO BLAHNIK确实有让人一见倾心的本事。它的鞋跟一般都在10.5厘米左右，细得可以当武器，鞋头的款式多为窄头。不过，Manolo Blahnik的绝对高度对应的却是绝对的舒适，甚至会舒适得让你感觉不到鞋的存在。有人对我说，在穿MANOLO BLAHNIK的时候会觉得，穿上它跑都没有问题。不过这点我还没有亲自尝试过，你要是有兴趣的话倒是可以试试看。

1971年，Manolo Blahnik听从Diana Vreeland女士（当时的《VOGUE》主编）的建议，在伦敦开了一间名叫"查帕塔"的小鞋店。没人能肯定"Manolo"这个词正式走进英语的确切日子，但是在上世纪80年代中期，当Anna Wintour做《Cosmopilitian》杂志英国版的编辑时，这个词就使用开来了。当时她非"Manolo"牌的鞋子不穿，直到今天仍保持这个习惯。

许多女人对MANOLO BLAHNIK的鞋子"贪欲十足"，收藏得再多也不为过，就连出门在外，也要带上专门定做的行李箱以方便携带它们。她们甚至为能够在第一时间得到一双新鞋而不惜贿赂售货员。为了答谢钟爱它的女顾客，Manolo Blahnik就以她们的名字来给不同的鞋子命名，从而赋予她们永远的记忆和珍藏。《Sex and the City》（欲望都市）中的Carrie Bradshaw是个典型的Manolo Fan，没有什么比得到一双MANOLO鞋更令她兴奋的事，当然，也没有被人拦路打劫抢走MANOLO鞋更令她心痛的遭遇。有一次，歹徒拿着枪抢走了她最心爱的Manolo鞋，让她心痛落泪。

我其实可以理解她，就像Manolo Blahnik自己所说："穿高跟鞋时，女子只会面临三种真实的陷阱，那便是：男人，男人，还是男人。"要想有场美好的"艳遇"，穿上你的MANOLO BLAHNIK吧。

《Sex and the City》（欲望都市）中的Carrie Bradshaw是个典型的Manolo Fan，没有什么比得到一双Manolo鞋更令她兴奋的事，当然，也没有被人拦路打劫抢走Manolo鞋更令她心痛的遭遇。

如何选对你的高跟鞋？

多查看

你应当避免在看到高跟鞋的第一眼时就购买，而应当十分慎重和挑剔。通常我都会多转几家，看看都有哪些款式。

多试穿

对于高跟鞋来说，一个号的差异根本用肉眼看不出来。穿高跟鞋时，同样的跟，尺寸越长，感觉越舒服。你绝对不要买一双穿着紧的鞋，因为这会伤到你的脚并导致不必要的疼痛和问题。如果你双脚尺寸不同，穿平底鞋没事，可是穿高跟鞋就不行了。你应当购买两双高跟鞋或靴子。一双保证右脚穿着合适，而另一双保证左脚穿着合适。

鞋帮

你应当在大多数情况下购买真皮制成或是布面鞋帮的鞋和靴子，真皮和布能够伸展和吸汗，使湿气蒸发，人造皮不能让湿气足够快地透出，导致汗脚和皮疹。人造皮仅仅对于凉鞋和露趾鞋是适宜的。

鞋底

真皮的鞋底要比人造皮鞋底贵，但效果的确不一样。当你在粗糙的地面行走时，高达1英寸的厚底鞋的鞋底能够帮助垫住脚，但是超过1英寸底的厚底鞋看上去很可笑，并且会引起他人注意到自己有多矮。

鞋带

通常，鞋带是有好处的。它能保证鞋内的脚部安全，防止摔倒和可能的受伤。踝带是穿高跟鞋女人最好的朋友。踝带能够很好地帮助你在穿高跟鞋时保持平衡并走得更好，尤其是长距离行走时。鞋带也能防止你突然扭伤自己的脚踝。但是，需要注意的是，踝带不能系得太紧，因为它会妨碍足腱的伸展，也会阻碍脚部血液循环。

鞋子

ROGER VIVIER

罗杰·维威耶
限量版

Rosen Roll

与玫瑰同行

鞋子给人以支撑，鞋子给人以助力……穿上鞋子，好比穿上梦想出发，去实现梦想！

——Roger Vivier

GIUSEPPE ZANOTTI　STUART WEITZMAN JIMMY CHOO　TOD'S GOMMINO　Christian Louboutin　Manolo Blahnik　Roger Vivier　GUCCI　CHANEL　Sergio Rossi　UGG Australia　SALVATORE FERRAGAMO　GIUSEPPE ZANOTTI　Manolo Blahnik　Roger Vivier　STUART WEITZMAN JIMMY CHOO　GUCCI　CHANEL　Sergio Rossi　UGG Australia　TOD'S GOMMINO　Christian Louboutin　Salvatore Ferragamo

Roger Vivier官方网站
www.rogervivier.com

一件令人称奇的事是，法国人把高跟鞋称为："Venez Y Voir（诱惑之鞋）"，也即"吸引人的鞋子"。Roger Vivier就是这样一款鞋子。这个来自巴黎的鞋履品牌自上世纪六十年代为Yves Saint Laurent设计鞋子以来，Roger Vivier的鞋履便不断在不少名媛淑女的脚踝上闪耀。甚至英女皇伊丽莎白二世在加冕礼堂中，也是穿着Vivier的鞋子。

我没有记错的话，创始人Roger Vivier生于1907年的巴黎，从17岁就开始对造鞋产生浓厚兴趣，直到90岁逝世，不可谓不长情。他的成名作诞生于上世纪五十年代为DIOR高级皮鞋部门担任设计师时期，因为大受欢迎，连续十年推出同系列鞋款。打响名声之后，Roger Vivier在巴黎开设了自己的第一家专门店，专攻高端皮鞋。由于当时在海外没有分店，因此从世界各地慕名而来的粉丝们几乎将鞋店的门槛踏破，其中就包括了当今炙手可热的奥斯卡影后妮可·基德曼，狂热的她无论是出席重大场合还是轻便出行，都少不了Roger Vivier相伴。

说到Roger Vivier的经典之作，必定是于上世纪六十年代为时装品牌Yves Saint Laurent所设计的Belle du Jour方扣漆皮鞋，置在鞋头最前端的特大长形方扣，革新了传统的鞋子设计，加上一代女星凯瑟琳·德纳芙及名模Twiggy的明星效应，令这种方扣皮鞋在当年便创出销售12万双的佳绩。虽然近代出现了不少类似的设计，但要知道那是在六十年代，以前从来没有设计师会这样装上鞋扣的。还有一点人们应该感谢他，就是Roger Vivier第一个发明了细高跟鞋，他曾设计了多款形状各异的鞋跟，而现代的设计亦贯彻了这个元素。现任设计师Bruno Frisoni为了纪念Roger Vivier，将这方扣标志正式改名为Belle Vivier。新一季的产品，除了为鞋身换上丝绸、马毛等物料外，还为方扣加上闪石或刻字的装饰，紧贴时尚潮流。

鞋子

何谓玛丽珍鞋？

　　玛丽珍鞋是对绑带鞋的美式统称，尤指那些低跟、圆面、脚踝搭扣绑带式的鞋子，款式有点像小时候参加合唱比赛时穿的黑皮鞋。鞋带是其设计的主要元素，材质通常是黑色漆皮。如今，经时尚改良，玛丽珍鞋的色彩更丰富了，用料也更广泛，帆布或小羊皮皆有之，而鞋跟更有着翻天覆地的变化。从两三厘米的低跟，到五六厘米的楔形跟均可选择。

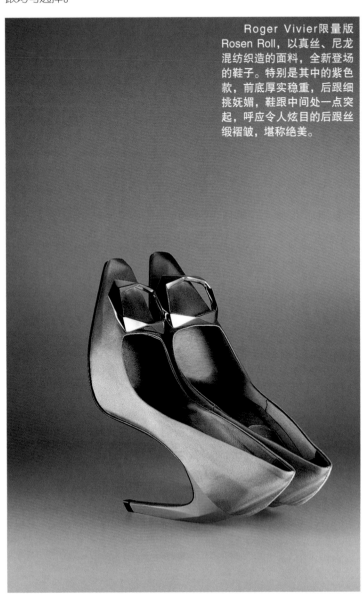

Roger Vivier限量版 Rosen Roll，以真丝、尼龙混纺织造的面料，全新登场的鞋子。特别是其中的紫色款，前底厚实稳重，后跟细挑妩媚，鞋跟中间处一点突起，呼应令人炫目的后跟丝缎褶皱，堪称绝美。

鞋子

GUCCI

> 美丽是最高恩惠，并不适合害羞的人。
> ——Tom Ford

古琦经典 Moccasin 鞋
顶级的闲逸

Moccasin鞋很具有怀旧气氛，搭配圆点或一字领的上衣，又会给你带来活泼的效果。但由于款式的限制，Moccasin鞋可不是什么人都可以选择的。

从1921年创立之初，GUCCI一直走的是贵族化路线，作风奢华且略带硬朗的男子气概。1947年GUCCI竹制手把的竹节包问世，接着，带有创办人名字缩写的经典双G标志、衬以红绿饰带的帆布包和相关皮件商品也陆续问世。附有马衔环的Moccasin鞋、为Grace Kelly设计的FLOWER SCARF，屡屡获得好评，GUCCI已经成为一种社会地位的象征。

对于"合久必分"这句话我持比较赞同的观点，GUCCI的发展史完全验证了它。业务急速成长的GUCCI并未从此一帆风顺，进入70年代后，疲于应付仿冒的问题外加家族内利益的争斗，使整个企业陷入困顿的泥沼。1993年，第三代接班人Maurizio将GUCCI抛售，直到前任总裁 Domenico De Sole迎来Tom Ford担任设计总监才有所改观。1995年Tom Ford选用当红名模以极简主义却无比撩人的形象在台上展现他为GUCCI设计的性感秋季时装系列。这场秀获得空前的成功，在全球引发了GUCCI的购买狂潮，他全然改变了GUCCI过去的华丽风格，并在其中注入性感的基因，让GUCCI几乎成为今日最性感的品牌。

2002年9月，Frida Giannini加入GUCCI并出任手袋设计总监。两年后，她被史无前例地提升为配饰创意总监，负责包、鞋、行李箱、小皮具、丝巾、高级珠宝、礼品、手表以及眼镜等产品。担任该职位期间，她以独树一帜的自信和决心令GUCCI的配饰业务获得了新生。

我对在此期间推出的Moccasin鞋是倍加推崇的，马衔环的经典设计得以保存并发扬光大，为了体现GUCCI一贯的奢华与尊贵，在装饰上更为的精致。所以外形看起来比之前的款式更为华丽。但你大可不必担心，它的舒适度没有丝毫的减弱，甚至可以说比之前更加舒适。

Moccasin鞋很具有怀旧气氛，搭配圆点或一字领的上衣，又会给你带来活泼的效果。但由于款式的限制，Moccasin鞋可不是什么人都可以选择的。身形不高、小腿过于粗壮或腿部比较弯的人士，尽量还是割爱的好。Moccasin鞋大多都为浅口，露出脚面的部位甚多。如果你的脚形像我一样比较宽的话，可以选择改良款的搭带式船鞋，以修饰这个缺点。

巧识GUCCI

竹节手柄

GUCCI的竹节包取材于大自然，所有的竹子都从中国及越南进口，大自然材料以及手工烧烤技术成就其不易断裂的特点。

马术链

在20世纪初的意大利，马匹是主要代步工具，因此制造马具的人比较多，GUCCI是其中的佼佼者。系着马匹的马术链也是GUCCI的发明。这个著名的细节设计，除了因为美观，也是对过去马术时代的一个缅怀。GUCCI镶有马术链的麂皮休闲鞋已是鞋类历史上的一个典范，连美国的大都会博物馆都收藏了一双呢！

成对字母G的商标图案及醒目的红与绿色

作为GUCCI的象征出现在公文包、手提袋、钱夹等GUCCI产品上，这也是GUCCI最早的经典LOGO设计。

GUCCI官方网站
www.gucci.com

鞋子

GIUSEPPEZANOTTI
STUART WEITZMAN JIMMY CHOO

TOD'S GOMMINO
Christian Louboutin

Manolo Blahnik

Roger Vivier

GUCCI

CHANEL

Sergio Rossi

UGG Australia

SALVATORE FERRAGAMO
Manolo Blahnik GIUSEPPE ZANOTTI
Roger Vivier STUART WEITZMAN JIMMY CHOO
GUCCI TOD'S GOMMINO
CHANEL Christian Louboutin
Sergio Rossi
UGG Australia Salvatore Ferragamo

CHANEL

香奈儿双色鞋 游走极与极

> 鞋子是帮女人踏上人生坦途的必需品，也是优雅造型最重要的一部分。
>
> ——Coco Chanel

　　CHANEL的设计带有鲜明的个人色彩，因为Coco Chanel追求自由但是眷恋男人；她强悍独立，但是却有十足的女人味。CHANEL代表的是一种风格、一种历久弥新的独特风格，Coco Chanel如此形容自己的设计——不是不断思索接下来要做什么，而是自问要以何种方式表现，这么一来鼓动将永不停止。自信热情的Coco女士将这股精神融入她的每一件设计，使CHANEL成为相当具有个人风格的品牌。

　　1957年，CHANEL更推出了一款与传统大相径庭的鞋款：黑色鞋尖与米色鞋身的后绑带双色鞋，从此拉开了50年经典的序幕。Coco Chanel认为双色鞋为女士必备的鞋款，我也同样认为。黑色鞋尖配合米色鞋身，以及鞋侧的松紧带，这两个元素构成经典的CHANEL双色鞋。镂空细带的设计，使鞋子呈现不对称的创新轮廓，同时也令足部更加舒适地活动。这款经典鞋款的设计，呼应了Coco Chanel讲究自主而舒适的主张，迅速造成轰动。虽然那时候双色鞋并没有成为CHANEL的商品，不过Coco Chanel本人就经常穿着，在诸多留下的历史照片中都可以看到她穿着她最爱的双色鞋。

　　作为穿着双色鞋的女人，我时常会感到无比的舒适与自在，我想这与它严谨的制作过程是分不开的。CHANEL的制鞋工匠们都经过严格的训练，兼具创新精神的同时又熟知CHANEL制鞋文化。制鞋过程既有精密的手工制造，也有专业的机器辅助。为了让鞋跟的稳固性和支撑力达到最佳水平，鞋厂还采用了一种独一无二的鞋跟扫描仪进行勘察定位，也无怪乎我的双色鞋穿了这么久，鞋跟还是牢固如初。

　　而现在双色鞋的设计应用不但更加广泛，而且设计更加前卫大胆，如2006春夏系列出现过黑白漆皮高跟鞋、绑带短靴；2007春夏系列出现了透明PVC材质的厚底凉鞋、粉黑组合的平底鞋、红黑两色金属环扣设计的厚底高跟鞋、米黑蛇皮纹高跟鞋；2007秋冬出现的双色及膝长靴等。这些都说明了双色鞋不但没有因时尚的更新而淘汰，反而变身各种形态引领时尚潮流。

　　原来只需两种颜色，就可以在极与极之间找到平衡。

依平日的服饰穿着经验，我会觉得双色鞋在搭配上如同双色武器。黑色鞋尖配合米色鞋身，以及鞋侧的松紧带，这两个元素构成经典的CHANEL双色鞋。镂空细带的设计，使鞋子呈现不对称的创新轮廓，同时也令足部更加舒适地活动。

巧识CHANEL

双C标志

在CHANEL产品的扣子或扣环上，你都可以很容易地找到将Coco Chanel的双C交叠而设计出来的标志，这就是让CHANEL迷们为之疯狂的"精神象征"。

菱形格纹

从第一代CHANEL皮件越来越受到喜爱之后，其立体的菱形车格纹竟也逐渐成为CHANEL的标志之一，不断被运用在CHANEL新款的服装和皮件上，后来甚至被运用到手表的设计上。

山茶花

CHANEL对山茶花情有独钟。现在对于全世界而言，山茶花已经等于是CHANEL王国的"国花"。不论是春夏或是秋冬，它除了被设计成各种质材的山茶花饰品之外，更经常被运用在服装的布料图案上。

鞋子

GIUSEPPE ZANOTTI

STUART WEITZMAN JIMMY CHOO

TOD'S GOMMINO

Christian Louboutin

Manolo Blahnik

Roger Vivier

GUCCI

CHANEL

Sergio Rossi

UGG Australia

SALVATORE FERRAGAMO
GIUSEPPE ZANOTTI
Manolo Blahnik
Roger Vivier

SERGIO ROSSI

塞乔·罗西
搭扣高跟鞋
一搭一扣间

在我心中，鞋履不是添加的装饰品，而是身体的延伸。Sergio Rossi让每一双看上去不易穿着的鞋履，变得美妙又舒适！也只有精湛的工艺与设计的配合才能创造出合脚、舒适、美化等如此完美的境界。

Sergio Rossi搭扣高跟鞋，不仅有皮质、漆皮等材质，还在搭扣的设计上赋予了多样性，给鞋子带来了丰富的表情。Sergio Rossi遵循着人体力学的设计，即便搭扣高跟鞋是在最纤细的高跟下，带来的依然是舒适和性感美观的平衡。

出生于意大利小城镇的Sergio Rossi，父亲以经营纯手工鞋为业，从小便常常流连于父亲的手工鞋店，长期耳濡目染之下，小小年纪即对手工制鞋技艺有相当程度的了解，另一方面，由于父亲的早逝，更让Sergio Rossi不得不扛起家族事业，14岁就开始接管家业，但一开始并非从设计制作着手，而是从业务扩展开始，到了50年代，Sergio Rossi已经相当熟稔商业运作及与客户的往来之道。

要我说，由不得你不信，每个女人的脚都是独一无二的。谁能为女人们的脚奉献出完美的鞋履，Sergio Rossi认为这是他们的使命。多年来Sergio Rossi作为鞋业内的翘楚，凭借其出类拔萃的缝制技术、代代相传的纯手工工艺、无可挑剔的楦形设计和多变的色彩，受到了世界各地崇仰高尚生活的人们的追捧。

第一位伯乐总是会影响深远，意大利品牌Genny就是第一个使用Sergio女鞋的时装品牌。当时他们的一位年轻

GIUSEPPE ZANOTTI
STUART WEITZMAN JIMMY CHOO
GUCCI TOD'S GOMMINO
CHANEL UGG Australia
Sergio Rossi
Christian Louboutin
Salvatore Ferragamo

设计师对Sergio独树一帜的设计风格情有独钟，而这位设计师就是后来前途不可限量的Gianni Versace。Gianni Versace相信，有朝一日他的品牌会成为家喻户晓的名字。我想也许就是Sergio Rossi鞋子骨子里的性感才会吸引到这位"性感大师"的垂青吧。

至今在Sergio Rossi位于意大利的现代化工厂里，传统的意大利手工工艺仍被完好地保留着，每一双鞋至少经历120个步骤才会被烙上Sergio Rossi的标志。120个环节经过工人们的眼、手、大脑和技巧，熟练地看、检、思、评贯穿始终。每一名员工都和Sergio Rossi一样热爱自己的工作，追求完美，不容任何的瑕疵，令每一双Sergio Rossi鞋成为融合了智慧、美丽的艺术品。

由如今的创意总监Edmundo Castillo设计的Sergio Rossi搭扣高跟鞋，不仅有皮质、漆皮等材质，还在搭扣的设计上赋予了多样性，给鞋子带来了丰富的表情。Sergio Rossi遵循着人体力学的设计，即便搭扣高跟鞋是在最纤细的高跟下，带来的依然是舒适和性感美观的平衡。

Sergio Rossi为女人带来的是个性的标识。

鞋子

UGG Australia

UGG Australia

澳洲之暖

当第一个穴居人把零碎兽皮绑到脚上时，"鞋类"这个概念就产生了。一旦你穿上UGG，你就舍不得脱下了。它的独创性、可信度以及超级豪华的舒适感都会让你着迷。

1978年，一个叫做Brian Smith的澳大利亚年轻人，带了几双UGG羊皮靴，怀着满腔的热情和自信，开始在纽约街头叫卖。然而，一开始他并没有这么好运，一天下来，没有卖出一双靴子。于是，他决定前往西部，到加利福尼亚去找找机会。当他到达目的地时，发现在那里已经有一部分像他这样的人，带着类似的羊皮靴在海边销售了。在这里他头一轮生意就向5个顾客卖出了48双靴子。之后，澳大利亚UGG羊皮靴开始成为了每一个冲浪者上岸后的必备品。

从此以后，澳大利亚的UGG开始慢慢从一个小小的冲浪用品品牌发展成为全球知名的羊皮靴豪华品牌。其产品线也开始不仅仅限于羊皮靴，慢慢增加了采用精品羊皮制成的休闲鞋、拖鞋，以及各种季节的鞋。

我的第一双UGG羊皮靴就是CLASSIC系列，它

GIUSEPPE ZANOTTI
STUART WEITZMAN JIMMY CHOO
TOD'S GOMMINO
Christian Louboutin
Manolo Blahnik
Roger Vivier
GUCCI
CHANEL
Sergio Rossi
UGG Australia
SALVATORE FERRAGAMO
Manolo Blahnik GIUSEPPE ZANOTTI
Roger Vivier STUART WEITZMAN JIMMY CHOO
GUCCI TOD'S GOMMINO
CHANEL Christian Louboutin
Sergio Rossi
UGG Australia Salvatore Ferragamo

UGG AUSTRALIA的独创设计，舒适经典的羊毛靴，之前只有黑色、咖啡色、沙色等比较传统的颜色。而新的CLASSIC系列就推出了浅金色、浅银色、花纹灰色和蓝色迷彩等，让喜爱CLASSIC系列的女人有了更多的选择。

是UGG AUSTRALIA的独创设计，舒适经典的羊毛靴。之前只有黑色、咖啡色、沙色等比较传统的颜色。而新的CLASSIC系列就推出了浅金色、浅银色、花纹灰色和蓝色迷彩等，让喜爱CLASSIC系列的人有了更多的选择。多方面用途的SOHO 系列，延续满足了所有消费者的需求，以它的顶级工艺和它多样化的选择，从短靴到长靴，一定让你选择到属于你自己的SOHO系列。ULTIMATE系列则既时髦又结实，完全结合了舒适、支持及耐用的特性。温暖与舒适的合体就是 UGG AUSTRALIA的SLIPPER系列，穿上它不论在室内还是室外都能体会到真正的温暖。

总之，选一款UGG羊皮靴，你的时尚感觉就跟好莱坞的贝弗利山庄同步了。

UGG官网网购网站
www.australianuggboots.com.au/index.htm
官方网站
www.uggaustralia.com

鞋子

Salvatore Ferragamo

菲拉格慕
平底浅口芭蕾舞鞋

"色彩拼盘"

美是无限的，制造皮鞋的材料也是无限的。所有女性都有权穿上童话中公主穿着的完美皮鞋。

——Salvatore Ferragamo

我认为Salvatore Ferragamo是当之无愧的"一代鞋王"。自1927年创立同名品牌开始，虽然经历了全球经济大衰退，第二次世界大战，但是品牌依然屹立不倒，并于今时今日成为一个历久不衰的经典时装品牌代表。

Salvatore Ferragamo1898年出生于意大利的Bonito，在十四个兄弟姊妹中排行十一。由于环境贫困，很早已开始当造鞋学徒帮忙添补家计。在当时的意大利南部，鞋匠被视为最卑微的工作之一，但Ferragamo却充满理想，要把这个被人轻视的工艺发扬光大。十三岁时，他已拥有自己的店铺，制造出第一双量身定做的女装皮鞋，从此迈出缔造他时尚王国的第一步。

1914年，Ferragamo来到美国，先和兄弟姊妹们一起开了一家补鞋店，继而又到了加州，当时正值加州电影业急速发展，Ferragamo从此和电影结下了不解之缘，被誉为电影巨星的专用鞋匠，例如他设计的罗马式凉鞋便在多部电影中出现过，包括由Cecil B. DeMille导演的经典之作《十诫》。四十年代后期及五十年代，意大利时装迅速发展，Ferragamo工厂的生产量每天高达三百五十双鞋，多位影视名人，如葛莉泰·嘉宝、苏菲亚·罗兰、奥黛丽·赫本、伊娃·贝隆和玛莉莲·梦露等都对Ferragamo设计的鞋趋之若鹜，甚至有传言说嘉宝曾一次订购了70双他设计的鞋。

1947年，Ferragamo以其透明玻璃鞋赢得了被誉为"时装界奥

鞋子

斯卡"的Naiman Marcus Award，成为第一个获得这个奖项的制鞋设计师。

很明显，Ferragamo的鞋子总是流露出一种华贵典雅的风格，但无论他的设计意念如何无穷，他始终相信实用与款式并重的重要性。在不断机械化的年代，Ferragamo的造鞋方法可算独树一帜：首先他替客人量度出脚掌的尺码，然后把鞋刻在一块木砖上。尽管在需求不断增长的情况下，Ferragamo被迫把生意扩充，但他仍然拒绝利用机器造鞋，于是他想出手工生产线的解决方法，即每个工作人员在造鞋的过程中专门负责某部分，这样，他在业务扩充的同时仍不需依赖机械。

外形简练，材料丰富，顶尖制作工艺，灵感全部源自内在，我想这正是Salvatore Ferragamo鞋子的真谛。而其中的平底浅口芭蕾舞鞋绝对是心灵缜密思考的结晶，以及设计创意与应用艺术的完美结合。线条与比例完美融合，有时我穿上它之后，感觉每迈一步，都是那么地轻盈。相信如果你也把它作为办公室里的便鞋，会是个很不错的选择。

无论白天还是黑夜，搭配罗缎蝴蝶结装饰的平底浅口芭蕾舞鞋绝对令你成为最耀眼的明星，光线与漆皮巧妙结合，丝缎和丝绒尽显高雅华贵，平底浅口芭蕾舞鞋采用真皮硬壳鞋底，漆皮鞋带与超亮小山羊皮对照鲜明，让知名的Salvatore Ferragamo专利彰显无遗。

当我第一次发现这款鞋时觉得眼前一亮。这种鞋无论白天还是黑夜，搭配罗缎蝴蝶结的平底浅口芭蕾舞鞋会让你成为最耀眼的明星，光线与漆皮巧妙结合，丝缎和丝绒尽显高雅华贵，平底浅口芭蕾舞鞋采用真皮硬壳鞋底，漆皮鞋带与超亮小山羊皮对照鲜明，让举世闻名的Salvatore Ferragamo专利彰显无遗。

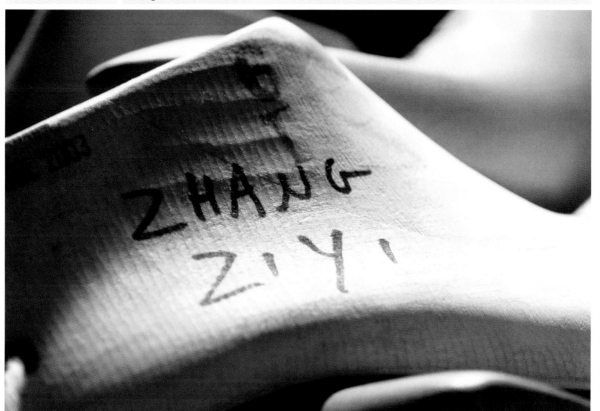

鞋子

珠宝&腕表

ANY&CO.   BVLGARI   MONTBLANC   CARTIER   VAN CLEEF & ARPELS

UMET   MIKIMOTO   HARRY WINSTON   TAHITI   BUCCELLATI

NETH JAY LANE   Pt   TAG HEUER   BAUME&MERCIER   OMEGA

OT

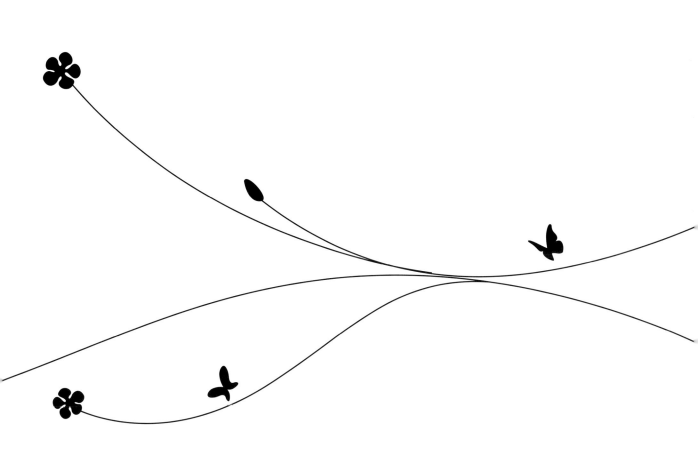

TIFFANY&Co.

蒂芙尼Lucida 系列钻石戒指

见证你的甜蜜时刻

TIFFANY&Co.，这个名词本身就是一种祝愿，代表着温顺的许诺，代表着成功的婚姻，让女人一想起来就出神。

多年以来，TIFFANY&Co.蒂芙尼辉煌的历程中上演着一幕幕真正的传奇，其中经典的铂金单颗钻石订婚戒指见证了无数美幻爱情的实现。从19世纪中叶开始，TIFFANY&Co.六爪镶嵌铂金戒指已逐渐成为订婚戒指无可替代的标志。TIFFANY&Co.铂金单颗钻石戒指，以其闪耀的光芒、创新的设计和经典的风格，承诺着一生永恒的幸福。

TIFFANY&Co.六爪铂金设计将钻石镶在戒环上，最大限度地衬托出了钻石，使其光芒得以全方位折射。"六爪镶嵌法"面世后，立刻成为订婚钻戒镶嵌的国际标准。到19世纪末，蒂芙尼的实力已经与欧洲珠宝商不相上下，而创始人查尔斯·刘易斯·蒂芙尼则被美国媒体称为"钻石之王"。

TIFFANY&Co.青睐铂金与钻石的完美搭配，成就了顶级铂金订婚戒，代表着精湛的工艺，也象征了爱情的唯美，至今仍是世界上最闻名遐迩的戒指款式之一。TIFFANY&Co.继续采用经典六爪镶嵌工艺，最新推出在款式和设计上堪称现代派的杰作的Lucida戒指。其优雅、迷人的外观首先俘获了我的芳心，如果当初我也有一款这样的婚戒不知道是件多么"锦上添花"的事。铂金柔和的轮廓反射出方形钻石的光芒，突出了钻石的天然光彩。如果在你的甜蜜时刻拥有了蒂芙尼的祝福，你的幸福是不是会更加长久呢？对于这点，我是深信不疑的。

我相信每个人都很喜欢TIFFANY&Co.蒂芙尼，这其中也包括奥黛

　　我的感受是，女人心中总会闪动着几个耀眼的戒指。与其说戒指是一种精美的饰品，不如说戒指是女人的情感魂魄。TIFFANY&Co.蒂芙尼继续采用经典六爪镶嵌工艺，最新推出在款式和设计上堪称现代派的杰作的Lucida戒指，其优雅、迷人的外观会首先俘获你的芳心。

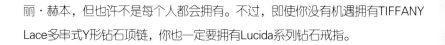

丽·赫本，但也许不是每个人都会拥有。不过，即使你没有机遇拥有TIFFANY Lace多串式Y形钻石项链，你也一定要拥有Lucida系列钻石戒指。

关于TIFFANY&Co.蒂芙尼

- ● TIFFANY&Co.蒂芙尼创立不久就设计出了束以白色缎带的蓝色包装盒，成为其著名的标志。十九、二十世纪之交，TIFFANY&Co.品牌首次使用不锈钢首饰盒，强调要银色，不要金色。

- ● 有两位天才设计师的作品是TIFFANY&Co.蒂芙尼珠宝中特别引人注意的局部：生于意大利的艾尔莎·柏瑞蒂引发了现代珠宝设计的新的变革，她所设计的OPEN HEART是世界上最具原创性和永久设计的饰品之一。Paloma Picasso的昆虫和花草系列成为了TIFFANY&Co.蒂芙尼的不可或缺的"景点"。

- ● 查尔斯·蒂芙尼曾买下了欧仁妮皇后珍奇的鲜黄色钻石，但并不急于出手，而是从容地在纽约举办了一个展示会，从全球各地蜂拥而至急于一睹这件稀世珍宝风采的参观者身上赚进了几十亿美元。

- ● "在那儿吃早餐不会不愉快。"1961年由著名影星奥黛丽·赫本主演的电影《蒂芙尼的早餐》上映让蒂芙尼更加"名副其实"。透过电影图像，蒂芙尼优雅精致的珠宝首饰、淡蓝色装潢的高雅专卖店，不单是一个品牌符号，更成为具有情感象征的图腾。

爪镶款式何以成为婚戒中的最经典？

- ❶ 永不过时，可以任意搭配。其他所谓新潮的款式很快就被淘汰，到时候可能你都不好意思佩戴了。

- ❷ 大气而有纪念意义的正规的婚戒，就像小黑裙一样经典。

- ❸ 无需试戴而适合任何手型。其他款式花戒就一定要试戴才知道适不适合。

- ❹ 归根到底，钻戒吸引人之处就在于其光彩。爪镶款式使得钻石切割面最大程度地裸露在外，因此钻戒的光彩度也最好。

- ❺ 因为钻石裸露得最多，因此珠宝商选用钻石的时候会选择质量最好的钻石用于爪镶款式，以免鉴定时候不能过关。

- ❻ 目前国际上钻戒基本是爪镶，他们相信买钻戒就是买钻石，因而看重钻石本身的品质，而不是指圈的款式。

- ❼ 爪镶款式流畅光洁，不易藏污纳垢而失去光彩。繁复的款式在崭新的时候很好看，时间稍长就因不易清洁而变得暗淡。

- ❽ 爪镶的指圈基本上都是舒适款，如果不舒适的话会影响工作，不适于长久佩戴。

珠宝&腕表

BVLGARI

宝格丽 Elisia 系列珠宝　椭圆魅惑

珠宝的作用不在于彰显富贵，而是让你更添妩媚。——Coco Chanel

TIFFANY&Co. BVLGARI Montblanc Cartier Van Cleef & Arpels CHAUMET MIKIMOTO HARRY WINSTON TAHITI Buccellati Kenneth Jay Lane Pt TAG Heuer BAUME&MERCIER OMEGA TISSOT

　　1964年，索菲亚·罗兰的BVLGARI宝格丽宝石项链被盗，这位拥有众多珠宝的意大利美人当即泪流满面，心痛不已。而在历史上，几位罗马公主曾经为了得到独一无二的宝格丽珠宝，不惜疯狂地以领地来交换……波普大师安迪·沃霍尔曾经评价BVLGARI在罗马康多提大街（Condotti）的首饰店，说它是"最棒的当代艺术馆"。

　　而如今的我们则幸福多了，不需要去拿领地换取BVLGARI珠宝，但有时候它和我们的距离还是有些遥远。自1884年于意大利罗马创立BVLGARI宝格丽的一个多世纪以来，宝格丽珠宝及其配件以其华美的设计风格牢牢地征服了所有像索菲亚·罗兰那样热爱时尚的女人们的心。其中的彩钻首饰成为了BVLGARI最大的特色，在这里我想向大家极力推荐一下其最为出彩的Elisia系列。

　　Elisia之名由 Ellipse（椭圆）而来，而 Elisia 为女子之名，取其椭圆之意来形容女子婉丽之韵。没错，BVLGARI从来不会掩饰其对圆润形状的偏好，尤其是椭圆形的设计最具挑战性，也因此受到了BVLGARI特别的垂青。我常常在古罗马的历史以及建筑遗迹中见到椭圆形的设计，比如那著名的角斗场。这些圆形及椭圆形的建筑形状便是

BVLGARI设计的灵感源泉，而Elisia系列将这椭圆形运用得炉火纯青。鹅蛋形和多面切割营造出曲线柔和的珠宝，突出彩色效果和几何比例，我从来都认为它特别适合成熟优雅的女性佩戴。Elisia系列是20世纪70年代古董作品的重新诠释、增加新元素之后的再设计。Elisia系列采用了彩色扭索纹珐琅，从而拓宽了色彩组合，更增添了变化。

去拥有一款自己的Elisia吧，那么在以后的重大场合你都不必发愁了。充满女人味的她，轻易地增添你的妩媚，自内而外。

珠宝&腕表

MONT BLANC

万宝龙星光系列珠宝 MONT BLANC

值得你拥有的璀璨"星光"

Montblanc万宝龙让每一个高贵的灵魂恒久闪耀，令每一个女人光芒四射，在它的世界里，每个真正漂亮的女人都是自己永远的明星。

TIFFANY&Co. BVLGARI Montblanc Cartier Van Cleef & Arpels CHAUMET MIKIMOTO HARRY WINSTON TAHITI Buccellati Kenneth Jay Lane Pt TAG Heuer BAUME&MERCIER OMEGA TISSOT

当时光穿透万物，只有最美的灵魂令世人敬仰。Montblanc万宝龙将优雅与聪明赋予巧夺天工的钻石，它明净而优雅，果敢而静谧，平静却又光芒四射。当无尽的钻石华光邂逅自信睿智的万宝龙女人，高贵的灵魂之光从此闪耀夺目，永恒的美感将长留世间。

我相信"珠宝是女人最好的朋友"，当钻石从深藏的地底被挖掘出来时是那样的黯淡无光，切割赋予了钻石第二次生命。而Montblanc万宝龙在经由八年的潜心研究以及对每一个角度、每一寸距离的苛求后，终于创造了唯万宝龙独有的星形切割钻石。

独一无二的43瓣完美无瑕的切面灵光闪现，绽放动人光芒，43个截面经由身怀特技的万宝龙珠宝工匠细心推敲打磨，以最完美的4C（克拉、净度、色泽、切割）为标准，将钻石光线由内心深处层层折射；勃朗峰山巅六条冰川灵气四溢，令聪明与永恒美感经43瓣切面极致绽放……

其中的星光系列，它可以轻易地让人眼中一亮，闪耀出满目的星光！重达6克拉的星形钻石以万宝龙星形标志为蓝本，分量十足，气派慑人。你应该知道星形钻石是Montblanc万宝龙历经八年研究的心血结晶，切割及色泽净度至臻完美境界，钻光飞舞闪动，华彩夺目。

[其他好推荐]

La Dame Blanche白雪美人系列

　　法国人将勃朗峰尊称为白雪美人 (La Dame Blanche)，巧妙地表达出勃朗峰的慑人气势。Montblanc万宝龙将勃朗峰的巍峨气魄幻化成白雪美人系列 (La Dame Blanche) 的灵感，以18K白金镶嵌闪烁白钻及黑碧玉，伴以形如卫星的星形钻石吊坠，仿如飞星划破黑夜长空，光华乍现，剔透玲珑。Montblanc万宝龙的白雪美人系列(La Dame Blanche)戒指，以相当罕有的黑软玉搭配华贵美钻，优雅女性美态尽现眼前。

　　我会感慨地说，这是独一无二的43瓣完美无瑕的切面灵光闪现，绽放动人光芒，43个截面经由身怀特技的万宝龙珠宝工匠细心推敲打磨，以最完美的4C（克拉、净度、色泽、切割）为标准，将钻石光线由内心深处层层折射；勃朗峰山巅六条冰川灵气四溢，令聪明与永恒美感经43瓣切面极致绽放……

珠宝&腕表

Lumiere光之舞系列

"光之舞"（Lumiere）令钻石完美无瑕的光泽如瀑布般倾泻而下，灵动、闪耀、折射、光芒照人。令人惊叹的明亮，却又如此的深邃，椭圆形钻石在惊艳的万宝龙星钻周围轻灵舞动。380克拉的总重配以一颗风华绝代、重达11.88克拉的巨钻，成就了"光之舞"的卓尔不凡。俏皮而优雅，现代却又永恒，"光之舞"项链适合于不同场合、不同装束和不同心情，理想搭配极致而内涵深厚的女性。

Melodies precieuses乐章系列

"乐章"（Melodies precieuses）的灵感来源于永恒而动人的情歌，美妙的嗓音和不朽的乐章成就了音乐的历史，也直达我们心灵的深处。乐章系列以8款珠宝充分展示了万宝龙星钻的独特和稀有。万宝龙只选择颜色和净度最佳的钻石。这些钻石也体现了万宝龙对完美品质和顶级工艺的不懈追求。万宝龙始终在寻找世界上最为珍贵的钻石，并制成独一无二的万宝龙六角星钻。万宝龙星钻色泽质素及切割效果均达到至臻完美境界，万宝龙也由此成为全球唯一将品牌标志注册成专利切割钻石的奢侈品牌。

TIFFANY&Co. BVLGARI Montblanc Cartier Van Cleef & Arpels CHAUMET MIKIMOTO HARRY WINSTON TAHITI Buccellati Kenneth Jay Lane Pt TAG Heuer BAUME&MERCIER OMEGA TISSOT

珠宝&腕表

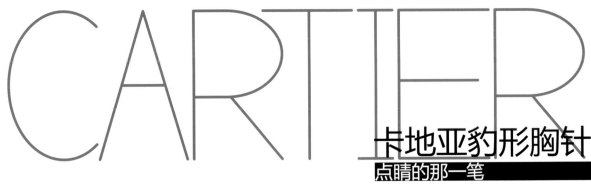

CARTIER

卡地亚豹形胸针
点睛的那一笔

假钻石不发光，只有真正的钻石才熠熠生辉。

——著名诗人Jean Cocteau

TIFFANY&Co. BVLGARI Montblanc Cartier Van Cleef & Arpels CHAUMET MIKIMOTO HARRY WINSTON TAHITI Boccellati Kenneth Jay Lane PI TAG Heuer BAUME&MERCIER OMEGA TISSOT

Cartier卡地亚，这个被英国威尔士亲王誉为"皇帝的珠宝商，珠宝商的皇帝"的著名品牌，在100余年中，创作了许许多多光彩夺目的美妙作品。当然这些作品，不仅是珠宝创作的精品，在艺术上也值得欣赏玩味，且往往因曾归属名人，而被蒙上一层传奇色彩。从印度王子定制的巨大项链，到曾与温莎公爵夫人形影相随的虎形眼镜，以及大文人科克托充满象征符号的法兰西学院佩剑，卡地亚讲述着一个又一个传奇故事。而这故事始于1874年，宗师Louis Francois Cartier接手师傅Adolphe Picard在巴黎Rue Mon-torgueil 31号的店铺，Cartier卡地亚就这样诞生了。

请随我翻开Cartier卡地亚定制珠宝的历史，我们会发现它与许多名人有着紧密的关系。可以说，几乎每一件订制珠宝，背后都会有一个特别的故事，其中最旖旎浪漫的就是"不爱江山爱美人"的温莎公爵与夫人之间的故事。1948年，温莎公爵为博红颜一笑，亲自到Cartier卡地亚总店为温莎夫人定制珠宝，经Cartier卡地亚大师之手精心设计和切割的钻石所辉射出的璀璨光芒是任何假钻都无法比拟的，见证美好的爱情再合适不过。随后，温莎公爵夫人成为首位佩戴Cartier卡地亚豹形系列首饰的人，这系列首饰包括了胸针、手链、

项链和长柄眼镜，而猎豹造型既成了温莎公爵夫人的个人风格象征，也成为了卡地亚历史上的精彩之作。

猎豹不仅是猫科动物之后，也是女性魅力的珍贵象征，多年来已经成为Cartier卡地亚的标志。猎豹的立体造型与指环配合得天衣无缝，隐含的野性呼之欲出，充分表现了性感、醉人的女性美。

150多年以来，Cartier卡地亚珠宝始终是众多女人们的梦想。我坚信，佩戴着融合优雅设计和精湛工艺的杰作可以使美梦成真，为生活增一点亮色，随着周遭散发出永恒的光芒。

我一直很喜欢这种设计，猎豹不仅是猫科动物之后，也是女性魅力的珍贵象征，多年来已经成为Cartier卡地亚的标志。猎豹的立体造型与指环配合得天衣无缝，隐含的野性呼之欲出，充分表现了性感，醉人的女性美。

珠宝&腕表

VAN CLEEF & ARPELS

我认为绿宝石与Fauré（福蕾）最为相配、红宝石最能展现StravinsKi（史特拉文斯基）的气质，而钻石则是TchaiKovsKi（柴可夫斯基）的完美衬托。这一切终将会融汇成一场精彩的舞剧，它的名字是——"Jewels"。

——著名芭蕾舞编舞家乔治·巴兰钦

梵克雅宝 VCA

Red 红色珠宝系列
专享于China

TIFFANY

Montblanc Cartier Van Cleef & Arpels CHAUMET MIKIMOTO HARRY WINSTON TAHITI Boccellati Kenneth Jay Lane Pt TAG Heuer BAUME&MERCIER OMEGA TISSOT

　　红色一直被中国人誉为吉祥与喜庆的象征，我也尤为喜欢。而这一抹艳丽的红色在法国顶级珠宝品牌Van Cleef & Arpels梵克雅宝的创作宇宙中，时而被演绎成一棵晶莹剔透的四叶草，时而又幻化成一朵奔放迷人的珊瑚花，或是一串摇曳欲滴的宝石水珠，最终幻化成为Red红色珠宝系列。

　　为了向灿烂辉煌、源远流长的中国文化和历史表达崇高的敬意，Van Cleef & Arpels梵克雅宝精心挑选了上乘宝石衬托以一抹满载中华情节的夺目的红色，创作出一系列仅限于中国大陆地区发售的Red系列典藏珠宝。这一辉煌绚烂的全新系列以中国最为经典和推崇的"红色"作为创作的主题，我实在没有理由不推荐。

　　这一独特的Magic Alhambra系列主题精品，以不同尺寸和样式演绎四叶草的经典形象，带来令人耳目一新的不规则造型设计。珠宝以华贵的粉红K金修饰每一瓣四叶草的边缘，勾勒出以红玉髓、珊瑚及白色珍珠贝母制成的娇嫩花

瓣，其深浅不一的红色魅力使人无法不陶醉于它所带来的希望、健康、财富和真爱四个美好祝愿中。尤为珍贵的是全新Magic Alhambra 系列珠宝仅限量发行100套。

　　其中光彩醉人的Feu d'artifice系列顶链以白K金镶嵌以圆形及梨形红宝石、钻石制作而成，其设计灵感来源于在夜空中灿烂盛开的璀璨烟花。Van Cleef & Arpels梵克雅宝以其独有的镶嵌技术将如繁星密布般的圆形红宝石嵌在整个链条上，使得这些美钻和红宝石化作为耀眼的星辰，这独一无二的整条Feu d'artifice顶链仿佛是星空下怒放的迷醉的花火，盛放在胸前，佩戴上它，你会觉得仿佛可以释放出灿若烟花的光彩与美丽。

　　可以永恒的，又岂止是钻石……

［其他好推荐］

Alhambra——最温柔的幸福

Frivole——欢悦开启华彩新篇

Cosmos——宽和怡然的爱

Snowflake——璀璨的雪花

Flowerlace——灿烂的浪漫

Socrate——冬日里闪耀的春意

Ballet Précieux高级珠宝系列

The Ballet芭蕾系列

Rubies红宝石系列

以华贵的粉红K金修饰每一瓣四叶草的边缘，勾勒出以红玉髓、珊瑚及白色珍珠贝母制成的娇嫩花瓣，其深浅不一的红色魅力使人无法不陶醉于它所带来的希望、健康、财富和真爱四个美好祝愿中。尤为珍贵的是全新Magic Alhambra 系列珠宝仅限发行100套。

珠宝&腕表

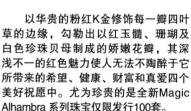

CHAUMET

绰美 Attrape-moi···si tu m'aimes

系列 网着我……若你爱我

CHAUMET珠宝一直在传达感情和爱情的语言。"情感"是CHAUMET这个历史悠久的法国皇室珠宝品牌的核心，贯穿并延续着从1780年至今CHAUMET每件精美绝伦的作品。

TIFFANY&Co.　BVLGARI　Montblanc　Cartier　Van Cleef & Arpels　CHAUMET　MIKIMOTO　HARRY WINSTON　TAHITI　Boccolini　Kenneth Jay Lane　PT　TAG Heuer　BAUME&MERCIER　OMEGA　TISSOT

曾经作为拿破仑的御用珠宝商，CHAUMET为这位法国皇帝创造了众多极富情感的珠宝，以送给他生命中的重要女人，借以传达情意。两百多年来，CHAUMET不断创造细致而具象征意义的珠宝，是偶遇、亲情、友情，更是爱情的见证。

我喜爱CHAUMET，主要是因为在珠宝中它被赋予了太多的情感，想不爱它都很难。其中的Attrape-moi...si tu m'aimes系列，蔓藤的蜘蛛网网住你的爱情，是不是很浪漫？每天的恋爱故事高潮迭起，蛛网描绘着建构中的爱情，中心的宝石明亮耀眼，象征恋爱的强烈感受。丰富情绪闪烁多彩，加入爱情的游戏，烧热了欲望。顽皮的蜘蛛渴望猎获恋人的芳心，辛勤飞舞的蜜蜂在戒指、项链、耳环上忽而躲藏忽而露脸，趣味十足。

在Attrape-moi...si tu m'aimes系列的世界里，那深情链接在尊贵荣耀、浪漫诗情、精美华丽与洗练工艺之间，被紧紧地编织了起来。伴着其高级珠宝系列的独特珠宝款式，CHAUMET再一次阐释了真爱的感动。

对了，你今天被网住了吗？

"Attrape-moi…si tu m'aimes网着我……若你爱我" 限量版吊坠:

红榴石象征着被网住的一颗心，网象征着盛开的爱情，一枚"网着我……若你爱我"吊坠，便是一篇爱的宣言。CHAUMET用粉金和钻石编织出爱之网，网住深粉红色的红榴石，呈现情感珠宝帝国的雍容。

[其他好推荐]

Le Grand Frisson系列

讲述一见钟情，让人过目难忘的高级珠宝系列。大胆明艳的色彩，突破传统的造型设计，大气华美中显露无尽的优雅与女人味。整个系列选用多种色彩奇异的珍贵天然宝石，以天然材质搭配出充满现代艺术感的摩登珠宝。Frisson冰晶系列传承了CHAUMET几世纪以来为人称道的对精致细节的讲究与典雅纯熟的线条，为CHAUMET品牌精神做出最佳诠释。

Class One系列

可以依照你的心情而佩戴的Class One系列，每一种颜色都是经由CHAUMET精心挑选而产生的，沉稳的湛黑色或是清新的湖水蓝都带给你不同的品位风格。Class One戒指系列的中性设计让不论男女都可以轻易佩戴出自己独特的风格，摩登现代的时尚造型结合美钻、天然橡胶等不同调性素材，不同尺寸的Class One搭配黑色缎面、白K金顶链或灯芯绒软绳，享受顶级珠宝CHAUMET所带给你的摩登现代的时尚感。

Un amour de liens系列

划时代的珠宝系列，缘分相遇下的动人故事……Un Amour de Liens，盛夏的一个铭心约定，纪念情与爱的维系。整个系列以黄金、白金及玫瑰金设计出名为Maxi Liens戒指、XL Liens时尚腕表及Liens d'Amour的钻饰作品，款款时尚非凡，灵巧创新，令人一见倾心。

Attrape-moi...si tu m'aimes系列，蔓藤的蜘蛛网住你的爱情，是不是很浪漫？每天的恋爱故事高潮迭起，蛛网描绘着建构中的爱情，中心的宝石明亮耀眼，象征恋爱的强烈感受。丰富情绪闪烁多彩，加入爱情的游戏，烧热了欲望。顽皮的蜘蛛渴望猎获恋人芳心，辛勤飞舞的蜜蜂在戒指、项链、耳环上忽而躲藏忽而露脸，趣味十足。

MIKIMOTO

御木本极致工艺系列胸针 珍珠的匠之技

当看到美丽珠宝的一瞬间，为什么你会感到心动呢？这是因为潜藏在自己心中的美感和珠宝产生了共鸣而形成情感的鼓动。与和自己有缘的珍珠相遇时，也许富足的幸福感会不断地涌入心田。

据说发明家爱迪生曾经说过，钻石和珍珠是他所无法发明的东西，而发明人工养殖珍珠这件事却由MIKIMOTO的创始人御木本幸吉做到了。日本MIKIMOTO御木本珠宝的创始人御木本幸吉先生享有"珍珠之王"的美誉，由他创造的人工培育珍珠的方法传承至2003年，已有整整110年的悠久历史。

在过去，如果采珠人拾到藏有天然珍珠的牡蛎，就如天神赐福，会拥有好运与财富，因而珍珠的采集全凭运气，而且非常珍贵。1800年末期天然珍珠产量骤降，价格几乎可以与美国最优质的钻石价格相比，这就是世界珍珠的"黑暗时代"。1890年，御木本幸吉先生开始尝试在日本三重县养殖珍珠，并最终取得了重大的突破，于1893年培育出世界上第一颗人工养殖的珍珠。随后，他决定扩大养殖规模以求能够源源不断地获取这种大自然的瑰宝。

而面对诸多的顶级MIKIMOTO珍珠饰品，我能做的就是推荐给你最好的，MIKIMOTO装身具工场设计的上等珍珠佳品就是最好的选择。MIKIMOTO装身具工场成立于1907年，当年称为"MIKIMOTO金细工工场"。御木本幸吉在创业之初，就致力于建立品牌风格，在师法欧洲珠宝制作技术和装饰的同时，巧妙融入日本传统工艺及大和美学，发展出具独特性的珠宝。

2007年，MIKIMOTO装身具工场庆祝100岁生日，品牌从1908年~1938年名为"真珠"的自家目录中，精选出100件作品，以当年的工法重新镶制。这30年，跨越了明治、大正、昭和三个时代，也是日本现代珠宝从师法西方到建立自我风格的岁月。

我要推荐给你的精选胸针，以当年流行的铂金为主，重现当年受到西方珠宝风格影响的纤细金工，但是又可以看到不同于西方的多种技法。例如，镶嵌极小珍珠的复杂技法"芥子珠镶嵌法"或是沿着金属边缘推出细小连续凸粒的"珠球装饰"等。因为当年大正时期，完全圆形的珍珠已被成功养殖出较大的数量，珠宝的设计呈现多样性，这个特色也可从精选的作品中一窥。

一个多世纪以来，MIKIMOTO一直在追求真正的美、真实的美。"把全世界的女人都用珍珠装扮起来！"这是被称为"珍珠大王"的御木本幸吉先生的真挚理想，过去、现在和将来，这个理想一脉相承，让美丽的你，与珍珠共生光辉，体验真正的"匠之技"。

TIFFANY&Co. BVLGARI Montblanc Cartier Van Cleef & Arpels CHAUMET MIKIMOTO HARRY WINSTON TAHITI Buccellati Kenneth Jay Lane PI TAG Heuer BAUME&MERCIER OMEGA TISSOT

我会觉得, 胸针是中国女人不大熟悉和不大善用的饰品。MIKIMOTO御木本极致工艺系列胸针, 以当年流行的铂金为主, 重现当年受到西方珠宝风格影响的纤细金工, 但是又可以看到不同于西方的多种技法。例如, 镶嵌极小珍珠的复杂技法"芥子珠镶嵌法"或是沿着金属边缘推出细小连续凸粒的"珠球装饰"等。

MIKIMOTO官方网站
www.mikimoto.com

珠宝&腕表

HARRY WINSTON

哈利·温斯顿铂金戒指 不可触及的奢侈

Talk to me, Harry Winston, tell me all about it……
——玛丽莲·梦露在《绅士更爱金发美人》（Gentleman Prefers Blonds）中的台词

TIFFANY&Co. BVLGARI Montblanc Cartier Van Cleef & Arpels CHAUMET MIKIMOTO HARRY WINSTON TAHITI Buccellati Kenneth Jay Lane Pt TAG Heuer BAUME&MERCIER OMEGA TISSOT

HARRY WINSTON在珠宝界有太多的传奇，纽约第五大道上的HARRY WINSTON旗舰店是当地最知名的高级定制珠宝店之一，每年奥斯卡的颁典礼上，明星们都以戴上这里的珠宝为荣。

Harry Winston曾说过："If I could, I would attach the diamonds directly onto a woman's skin（如果可以的话，我希望能直接将钻石镶嵌在女人的肌肤上）。" Harry Winston对于钻石珠宝的狂热喜爱可以说是溢于言表，人们更为他冠以"钻石之王"(The King of diamonds)的美称。种种奇闻轶事使得Harry Winston本人及其品牌更具传奇色彩，这也是为什么众人将HARRY WINSTON珠宝视为毕生珍藏的原因。

每一枚HARRY WINSTON铂金镶钻订婚戒指和结婚戒指都是一支铂金和钻石共同演绎的华丽圆舞曲，讲述着HARRY WINSTON的传奇历史及其珠宝如璀璨星辰般的动人故事。在纯净质感的铂金映衬下，HARRY WINSTON将经典的钻石与华丽炫目的彩钻完美结合，更显娇嫩迷人，它在我心里是真正不可触及的奢侈品。

HARRY WINSTON向来只挑选最出色的宝石原料；另外，HARRY WINSTON品牌的手工艺可谓无可挑剔。作为钻石花式切割翘楚的HARRY WINSTON宁愿牺牲重量而为每颗原石找寻最适合的切割形状，尊重每一块原石的本型，最终让钻石闪耀出最完美的光芒。同时，HARRY WINSTON独特的镶嵌手法也是其享誉国际的原因。据我所知，为了尊重每颗宝石自身的特点，HARRY WINSTON从不会事前画好设计图再寻找宝石，而是根据每颗宝石的原型进行创意发挥。最为著名的"Cluster"镶嵌设计法不仅保持了宝石原有的色泽，更将钻石最自然、纯粹的那一面呈现出来，成为了HARRY WINSTON设计中的经典。

提到HARRY WINSTON的稀世珍藏，就绝对少不了Hope Diamond这颗历史上最为神秘、知名的蓝钻。重达45.52克拉，Hope Diamond有着令人窒息的美感：在深邃静谧的湛蓝色中泛着一点灰色调，周围以16颗梨形及枕形切割的白钻点缀，搭配45颗钻石打造而成的。相信每一个观赏到它的人都会不由自主地被其深深吸引。

年龄与钻石戒指搭配味对味

面对市面上琳琅满目的钻石戒指，到底该怎么挑选？如何让钻石戒指显示品位与地位？我可以给你一些实用的建议。

如果你处在时尚触觉敏锐而又囊中羞涩的二十来岁，建议你可以挑选一些富有设计感的钻饰，钻石的大小选择在10分之内。虽然只是一颗小钻点缀，但如果款式的选择新颖而又花哨，那么在你的指间一样能够彰显钻石的璀璨。

如果你是事业稍有成就的三十岁女性，钻石的大小可以选择在50分之内。简单大方的设计与经典款式成为选购重点，经典的皇冠款式或者四爪、六爪的镶嵌方式都是最好的选择，不仅突出了钻石的质感，更衬托出你的知性和优雅。

二十五岁到四十岁的成熟女性，处于事业的巅峰状态，购买钻戒也可以看成是种投资，钻石的大小可选50分以上或者克拉级的大钻，而在款式的选择上可以简约也可以豪华，简约款式适合主钻为克拉级的，豪华款式适合主钻50分至1克拉的。

每一枚HARRY WINSTON铂金镶钻订婚戒指和结婚戒指都是一支铂金和钻石共同演绎的华丽圆舞曲，讲述着HARRY WINSTON的传奇历史及其珠宝如璀璨星辰般的动人故事。在纯净质感的铂金映衬下，HARRY WINSTON将经典的钻石与华丽炫目的彩钻完美结合，更显娇嫩迷人。

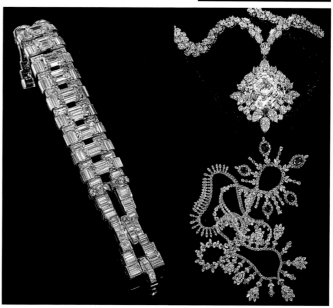

为什么婚戒要戴在无名指上？

要想知道答案，首先，你要将双掌合十，将中指（代表本人）弯曲，使中指指节紧贴相对，保持不动。现在我们轮流活动其他的4对指头，并保持另外3对手指指肚相贴。

① 首先是紧贴的大拇指（代表我们的父母）可以分开，这代表我们的父母是会离开我们的；

② 代表兄弟、朋友的2个食指也可以分开，这代表他们也是会离开我们的；

③ 代表姐妹、子女的小拇指也可以分开，因为他们也是会离开我们的；

④ 只有戴上婚戒的无名指，是分不开的。

珠宝&腕表

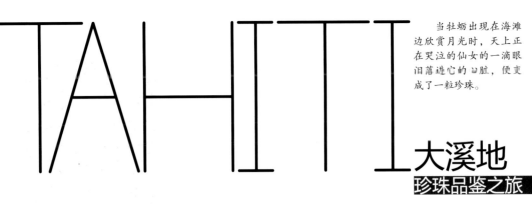

TAHITI 大溪地
珍珠品鉴之旅

当牡蛎出现在海滩边欣赏月光时，天上正在哭泣的仙女的一滴眼泪落进它的口腔，便变成了一粒珍珠。

TIFFANY&Co. BVLGARI Montblanc Cartier Van Cleef & Arpels CHAUMET MIKIMOTO HARRY WINSTON TAHITI Bucellati Kenneth Jay Lane Pt TAG Heuer BAUME&MERCIER OMEGA TISSOT

莫名的就对珍珠有着偏执般的喜爱。从前也有朋友送我一些珍珠饰品，每一次用它们来搭配都可以达到事半功倍的效果，而其中最让我着迷的是一条由大溪地黑珍珠制成的项链。正因为这条项链我才明白，原来珍珠也可以像钻石般闪耀。泛着黑绿色的光芒下，珍珠变得异常饱满起来，就像大溪地少女那黝黑的皮肤，好像注入了太阳的色彩。而其中最为痴迷这种色彩的就是保罗·高更，一个我曾经不以为然而后疯狂迷恋的男人。

其实对印象派画家的喜欢，不能免俗地缘自凡·高的《向日葵》。而最初对于高更的不屑一顾，却在我看到《我们从哪里来？我们是谁？我们到哪里去？》这幅画之后被彻底颠覆了，我疯狂地恋上了高更，正如当时抛弃了法国的美女香颂、奢靡堕落生活的高更疯狂迷恋原始却又那么富有激情的大溪地一样。大溪地无疑就是高更的"桃花源"，高更最知名的几幅名作，几乎都是在大溪地完成的。

就在这种别处没有的原始氛围中，珍珠反而悄然成为大溪地真正的"特产"之一。珍珠，经过四年漫长的孕育，宛如高更在画画前的巧妙构思，最终化身为一颗稀世珍品，成为独一无二的存在。

当地有这样的传说，大溪地珍珠是造物主给和谐与美丽之神Tane的数点光。Tane以这些光点照亮了天宫的地窖，它们的形态和光亮也为他带来灵感，创造了星星。然后Tane把光点带给海洋之神 Rua Hatu 让他照亮海域。替Tane 办事的战争与和平之守护神Oro，把这数颗珍珠，送给了由他选定为他繁衍后代的凡间女子，作为定情之物。在他完成凡间的任务后，他把珍珠贝"Te ufi"交给了凡人，以纪念他曾到过尘世。

也许高更不曾想到在大溪地的生活会对他的人生有如此大的影响，境遇的改变或许就是这不经意之间的"灵光闪现"，然而却拥有了无限的可能，这也是珍珠带给我的触动。

也许拥有一颗大溪地珍珠时，可以抚平我们心里的许多伤痛。

我以为珍珠最值得女人拥有。大溪地珍珠是造物主给和谐与美丽之神Tane的数点光。Tane以这些光点照亮了天宫的地窖，它们的形态和光亮也为他带来灵感，创造了星星。然后Tane把光点带给海洋之神 Rua Hatu让他照亮海域。替Tane 办事的战争与和平之守护神Oro，把这数颗珍珠，送给了由他选定为他繁衍后代的凡间女子，作为定情之物。在他完成凡间的任务后，他把珍珠贝"Te ufi"交给了凡人，以纪念他曾到过尘世。

珍珠的日常养护

● 珍珠的成分是含有机质的碳酸钙，化学稳定性差，可溶于酸、碱中，日常生活中不适宜接触香水、油、盐、酒精、发乳、醋和脏物；

● 夏天人体流汗多，也不宜戴珍珠项链，不用时要用高级中性肥皂或洗洁精轻轻洗涤清洁，然后晾干，不可在太阳下暴晒或烘烤；

● 佩戴久了的白色珍珠会泛黄，使光泽变差，这时候可以用1%~1.5%的双氧水漂白，注意不可漂过了头，否则会失去光泽。

搭配珍珠法则

办公室

在办公室里佩戴首饰，应注意品位、格调的选择。如果你是25岁左右，我建议你选用较小的，但却精巧的珍珠套饰为好；职位较高的管理层女性应该从表现品位的角度为自己选择一套质地优良、色泽高雅的珍珠饰品，它能帮助你塑造平易、富有内涵、通情达理、懂得生活、容易沟通的整体形象。不相信吗？看看希拉里，珍珠是她在演讲场合经常佩戴的首饰。

社交聚会

社交场所是你可以借此机会让周围的人了解你个性的另一面的绝佳场合。晚宴Party用的珍珠首饰可考虑选用能强调、显示优雅情调的款式，如较大而突出的珍珠钻石镶嵌的华丽首饰等。

婚礼场合

参加婚礼应避免选择容易让对方产生喧宾夺主的感觉、过分华丽夸张的首饰。可以追求高雅不俗、清爽淡雅的整体搭配效果，一条标准长度的原色珍珠项链可以很好地提升你的品位。

参加葬礼

参加葬礼，最好考虑选用能产生温和、恬静、庄重效果的平静颜色的珍珠首饰。在国外，葬礼中饰品应选用白色，避免黄金镶嵌，就连珍珠项链用的挂扣也以白色为好。

BUCCELLATI

BUCCELLATI 布契拉提

黄金蕾丝的诱人光芒

Buccellati布契拉提珠宝展现给世人的，不仅是华贵与精美，更是其中蕴含的关于艺术的深层次的思考。完全的手工定制、正宗的织纹雕金工艺、浓郁的历史气息……

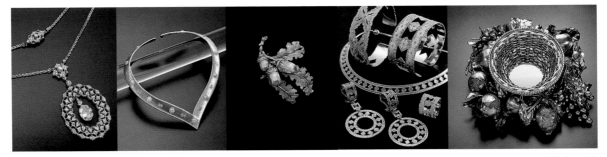

TIFFANY&Co.　BVLGARI　Montblanc　Cartier　Van Cleef & Arpels　CHAUMET　MIKIMOTO　HARRY WINSTON　TAHITI　Buccellati　Kenneth Jay Lane　Pt　TAG Heuer　BAUME&MERCIER　OMEGA　TISSOT

长久以来，意大利的传统艺术精髓一直被保存在少数"艺术家族"之中，Buccellati布契拉提即是其中的杰出代表。在金艺与珠宝创作领域，它充当着"拯救者"的角色，将文艺复兴时期的工艺传统发挥至最高最美的境界。

早在250年前，Buccellati布契拉提这个名字就活跃在米兰最有名的"金饰街坊"，虽然当时的成就和名气还不可与现在的Gianmaria Buccellati相提并论，但是亚平宁半岛浓厚的文化气息和历史积淀，注定了这个意大利传奇珠宝世家将显赫一时。

十六世纪，蕾丝开始在意大利和比利时的纺织工厂里出现，并且迅速席卷了欧洲从宫廷到坊间的女性服饰。这种优美淡雅而又不乏性感的服装面料同样也启发了米兰Buccellati布契拉提金器店里的马里奥，如何用柔软的黄金打造出这种细腻的纹理？能不能将蕾丝的技巧应用到首饰制作中来？

马里奥将文艺复兴时期已为金匠们使用，后渐失传的一种雕金技巧——织纹雕金（Texture Engraving）加以创新，演变出多种不同的织纹来，将这些织纹雕金加入到金银饰品与珠宝中，使饰品看起来格外高雅华丽，在整个世界引起了轰动。

黄金蕾丝，加上层叠的稀世宝石，一起构成了Buccellati诱人的神秘光芒，也造就了Buccellati家族两百多年高雅、独特、富有创造力的品牌历程。Buccellati有着丰富的历史渊源，也不乏现代的时尚创造力。黄金蕾丝的诞生，成为Buccellati精湛工艺的代表。工匠们忠于家族沿袭的经典设计，手工耐心而敏捷地将细若蚕丝的金丝一根一根地搭在一起，一次细微的失误整个工作就要重来。

也许，在传统变得尤为可贵的今天，正是这些特质使Buccellati布契拉提深得人心，而这也是我在此强烈推荐它的最重要的理由。

保养黄金饰品7要素

金饰品并不十分娇气，但以下几点还是要当心的：

① 化学物质会改变黄金的色泽，所以做清洁工作之前应脱掉金饰品。

② 避免直接与香水、发胶等高挥发性物质接触，否则容易导致金饰退色。

③ 游泳时要取下金饰，以免碰到海水或池水后，表层产生化学变化。

④ 保管的时候用绒布包好再放进首饰箱，避免互相摩擦损坏。

⑤ 黄金比较软，容易变形，所以不要拉扯项链等饰品，以免变形。

⑥ 纯金饰品在遇水银时会产生化学反应，出现白色斑点，清洗时只要在酒精灯下烧烤一会儿，就能恢复原色。

⑦ 佩戴后的金饰常因污渍及灰尘的沾染而失去光泽，此时，只要将金饰置于放入中性洗洁剂的水中浸泡并清洗，再取出擦拭干即可。

黄金首饰的搭配5法则

① 圆脸的女性，适合戴垂挂式的耳环及项链挂件；长脸的女性最好戴包耳型耳环及有造型设计的项链，而不用再加挂件。

② 身材细长的女性，可戴超长项链；身材矮小的女性，建议戴项链。

③ 手指细长的女性，可戴夸张造型的戒指；手指略显圆润的女性，最好戴细戒或配有一朵小花等图案的花戒，这样可以显得玲珑。

④ 职业妇女适合佩戴斯文但有质感的黄金首饰，通常造型有心形、花形等，而对年轻又不用穿着职业服装的女性来说，各种几何图形、卡通图形是更佳的选择。

⑤ 黄金首饰可以与红、白、黑任何一种颜色相融合。与红色系列组合形成热烈的氛围，是年轻、乐观女性之首选，特别在各种喜庆的场合被推崇。与黑色系列组合形成神秘、高贵的风格，为冷峻、傲慢女性所喜欢，通常在晚宴中出现，令人过目难忘。与白色系列组合形成纯洁之美感，是讲究简洁的上班族女性最可能选中的。

珠宝&腕表

KENNETH JAY LANE

我为所有女人设计珠宝。并且四季都要能配搭。魅力是属于全年度的！
——Kenneth Jay Lane

动物图腾手环 艳光无分材质

Kenneth Jay Lane的珠宝原料绝非来自南非的大钻、缅甸的翡翠、前俄罗斯的琥珀……但不要用珠宝本身的稀有掩盖了这份光怪陆离的艺术情调，设计意趣往往高过装腔作势的价格，为此我深爱它。

Kenneth Jay Lane热爱夸张冲击的色泽和神秘造型，热爱各种历史和各个民族遗留下来的独特风格，钟情夸张、大胆、人性化设计，Kenneth Jay Lane的任何一组配饰都可以在任何场合、任何季节佩戴。这些祖母绿的大戒指、钻石切割的黄金手镯、细微纹路的纤巧项链、动物图腾手环……件件光辉卓绝，绿黄紫、黑红金的质地组合华美绚烂，充满了神秘的古董味道和视觉冲击。Kenneth Jay Lane喜欢龙、狮子、蛇这些动物，他始终认为有一个心灵的动物园，里面养着龙、独角兽等动物。

Kenneth Jay Lane设计的首饰最大特点是价格很亲民，也不会使用昂贵的材质。它们是一些可以让所有女人在任何时间都能佩戴的首饰，"魅力不应该有时间的限制，当然，也不会有价格的限制"。Kenneth Jay Lane在1996年曾推出一本在时尚界非常轰动的书——《Faking It》，翻译成中文就叫做"仿制它"。从书中可看到他如何以大胆且富特色的设计，打造超越时间的经典。此外，我觉得该书最妙之处莫过于以Lane的一众名人朋友来印证他的人生有多么多姿多彩。作为珠宝设计师，他仿制了很多大牌首饰，以低廉的价格让它们飞入寻常百姓家。永不过时、易于配衬的经典设计，是Kenneth Jay Lane对我们每个人许下的承诺。

相信你会慢慢爱上Kenneth Jay Lane首饰特别的设计和做工，并不能自拔。你唯一能做的就是从你的第一个动物图腾手环开始。

TIFFANY&Co. BVLGARI Montblanc Cartier Van Cleef & Arpels CHAUMET MIKIMOTO HARRY WINSTON TAHITI Buccellati Kenneth Jay Lane Pt TAG Heuer BAUME&MERCIER OMEGA TISSOT

有关Kenneth Jay Lane的小趣闻

● 40年来，Kenneth Jay Lane的经典装饰珠宝吸引了多位以独特好品位出名的著名女性：杰奎琳·肯尼迪、芭芭拉·布什（Barbara Bush）、伊丽莎白·泰勒（Elizabeth Taylor）、《Vogue》时尚杂志前任主编Diana Vreeland，及奥黛丽·赫本（Audrey Hepburn）、温莎公爵夫人（Duchess of Windsor）。

● 据说，温莎公爵夫人下葬时，身上就佩戴着Kenneth Jay Lane专为她设计的珠宝。

● 如今，好莱坞最红的明星和It Girl们也都是Kenneth Jay Lane珠宝的粉丝，包括：奥尔森姐妹（the Olsen twins）、莎拉·杰西卡·帕克（Sarah Jessica Parker）、米莎·巴顿（Mischa Barton）、杰西卡·辛普森（Jessica Simpson）、帕丽斯·希尔顿（Paris Hilton）、小甜甜布兰妮（Britney Spears）等。

官方网站
www.kennethjaylane.net

我对非洲珠宝多一些偏爱，一是因为从小至今内心中的神秘感，更因为它曾带给过我一份珍贵的经历。祖母绿的大戒指、钻石切割的黄金手镯、细微纹路的纤巧项链、动物图腾手环……件件光辉卓绝，绿黄紫、黑红金的质地组合华美绚烂，充满了神秘的古董味道和视觉冲击。

珠宝&腕表

Pt 铂金 与自然一同绽放

自然和自信就是美。 ——Giorgio Armani

TIFFANY&Co. BVLGARI Montblanc Cartier Van Cleef & Arpels CHAUMET MIKIMOTO HARRY WINSTON TAHITI Buccellati Kenneth Jay Lane Pt TAG Heuer BAUME&MERCIER OMEGA TISSOT

铂金，自然界最珍贵的金属，以其纯净、稀有和永恒的特质，凝聚大自然绽放的美丽。设计精美，寓意深远的铂金饰品是我首饰盒里的基本必备。而其中国际铂金协会以大自然元素融入设计，推出的"绽放"系列最是完美之选。

大自然拥有无数的倾城绽放的时刻，仿若女人不经意间流露出的瞬间美丽，这一切正是"绽放"系列的灵感来源。初绽的妍丽、雪融的温暖、水波的荡漾、花开的声音、繁星闪烁的天际、拂晓微白的光芒……六幕自然界中的动人时刻成就了六款设计独具匠心的饰品。在珍稀臻美的铂金演绎下，款款宛若女人积聚力量与自然一同绽放。其中，素铂金主打款"绽妍"以优美的曲线环绕成清晨初绽的花朵，富有立体感的设计映衬出铂金的坚毅光泽，如女人在工作中流露出的自信坚强。而镶钻主打款"星烁"则更具有柔和之美；三环相扣的铂金划出天际中恒星的轨迹，在质地纯净的铂金映衬下，钻石有如夜空中的闪烁星辰，诠释女人在夜色中散发的感性而细腻的气质。

珍贵铂金，将自然界的刹那芳华永恒定格，让我们每个人都找到自己独一无二的美丽瞬间，与自然一同美丽绽放。

六幕自然界中的动人时刻成就了六款设计独具匠心的饰品。在珍稀臻美的铂金演绎下，款款宛若女人积聚力量与自然一同绽放。其中，素铂金主打款"绽妍"以优美的曲线环绕成清晨初绽的花朵，富有立体感的设计映衬出铂金的坚毅光泽，如女人在工作中流露出的自信坚强。

如何保养铂金饰品

❶ 定期为铂金饰品进行清洁。可以确保饰品呈现出最佳光泽，且更为持久。

❷ 清洁铂金饰品的方法与其他贵重饰品相同：使用市场上出售的珠宝清洁剂，或将它浸在肥皂和温水的溶液中，然后用软布轻柔拂拭。

❸ 定期为你的铂金饰品进行专业清洁。对于镶嵌宝石的铂金饰品而言，需要每六个月清洁一次。

❹ 由合格的珠宝商对饰品进行调整、大小改正、打磨和清洁。确保该珠宝商拥有经过培训后的铂金钳工。

❺ 如果出现了肉眼可见的划痕，请将铂金饰品带到合格珠宝商那里进行打磨。所有贵重金属都可能留下划痕，铂金也不例外。但是，铂金上的划痕只会移动材质，它的体积不会减少。

❻ 请注意，随着时间的流逝，铂金表面会出现天然的氧化层。如果出现这种情况，请将您的铂金饰品带往合格的珠宝店，让他们为它重新打磨，产生极其光亮的效果。

❼ 在进行家务打扫、园艺以及其他类型的重活或体力活动时，请不要佩戴铂金饰品。

❽ 佩戴铂金饰品时，请不要接触漂白或刺激性化学品。尽管它们不会对铂金产生伤害，但是化学品可能会让钻石或宝石变色。

❾ 最好将铂金饰品单独存放在珠宝盒或麂皮中，以防对其他珠宝饰品产生划痕。

TAGHeuer
豪雅摩纳哥系列腕表 享受华丽时间

Luxury brand（奢侈品牌）和Prestige brand（名望品牌）的区别在于：奢侈品牌是相对于其他产品和品牌而言的。你可以在产品中加上钻石，从而使之成为奢侈品牌，但名望品牌是持续的，是发展的，是以质量为后盾的。它拥有一些额外的元素。豪雅就是这样的名望品牌。

真正意义上的腕表始终要看瑞士，以至于我在腕表部分里推荐的表款全都是瑞士品牌，不过，它们的确都是全球顶级的腕表。不过我会认为，品牌又可评价为地区的、国家的，乃至世界级的，当它达到了一定的高度，便成为世界以至人类的财富。

TAG Heuer豪雅是在19世纪钟表工业的黄金时代，由Edouard Heuer于瑞士Saint Imier镇创立，如今是LVMH集团成员之一。自1860年成立以来，TAG Heuer豪雅占据瑞士钟表界的前卫地位，并且稳占尊贵运动型腕表及计时码表的翘楚之位已经接近1个半世纪了，亦是当今世界规模最大、发展最为迅速的瑞士奢侈表品牌之一。

在TAG Heuer豪雅各个系列中，我认为最能体现其卓越品位，最能令率性独立的现代女性们所倾心的，就是集前卫时尚和高贵典雅气质与一身的至尚佳作——此系列全新女装腕表。此系列全新女装腕表采用了Calibre 6机芯，钻石形切割的荧光指针，即使在黑暗中也很方便辨时。独特的方形表壳赋予女性高贵、唯美气质，搭配直纹装饰的表面，有白色、咖啡色、黑色三种不同款式。我最爱的还是它的钻石表款，在弧形蓝宝石水晶玻璃及抛光处理的精钢表壳上镶嵌着26颗顶级威塞尔顿钻石，表盘还镶嵌着13颗同质钻石，共同闪耀着灿烂夺目的光辉，尽显高贵和华丽，绝对值得拥有。

尽管我现在不会天天戴表，但依然会选购钟爱的表，有时是因为拥有的感受，有时是因为搭配的缘故。摩纳哥系列全新女装腕表采用了Calibre 6机芯，钻石形切割的荧光指针，即使在黑暗中也很方便辨时。独特的方形表壳赋予女性高贵、唯美气质，搭配直纹装饰的表面，有白色、咖啡色、黑色三种不同款式。

豪雅表官方网站
www.tagheuer.com

[其他好推荐]

Grand CARRERA Calibre 6 RS 钻石表圈腕表

至臻奢华的Grand CARRERA 系列以钻石璀璨的光泽映射杰出女性百变的气质与魅力。前卫而又优雅，性感而又含蓄，激情澎湃如海水又似火焰……最适合那个从不随波逐流、令人魅惑倾倒的卓尔不群的她。

卡莱拉系列女装钻石表圈腕表

豪雅卡莱拉系列作为世界上唯一以卡莱拉赛事命名的腕表系列，从诞生之日起就注定与"经典"一词密切相连，并迅速成为展现品牌与赛车运动姻缘血脉的杰作。新款卡莱拉女装钻石腕表取之以27毫米的精巧表盘表达女性内敛之美。54颗顶级钻石的熠熠光辉闪烁于表圈之上，与白色珍珠贝母表盘、13颗同质钻石刻度交相呼应，谱出和谐华美的乐章。

竞潜系列女装腕表

豪雅竞潜系列的张扬个性有目共睹，果敢大胆、动感率性是这个系列最精准的代名词。表圈有两个版本可供挑选：镶有42颗顶级钻石的表圈华美异常，女性的典雅与精致在钻石光芒的辉映中粲然流露；而镌刻着数字的测速表圈则是激情与动感的鲜明印记，唤醒她蕴藏的无限活力。

粉红色专业运动腕表

瑞士前卫奢侈钟表品牌豪雅表经过与网坛巨星玛丽亚·莎拉波娃（Maria Sharapova）的合作设计，隆重推出全新粉红色专业运动腕表。瑰丽妩媚的外形中带着力量与坚韧，独立前卫的个性中透着温婉和柔情。

珠宝&腕表

名士Diamant系列腕表

钻石与腕表的完美结合

我会几乎在所有的场合都佩戴手表，打球时会戴，工作时也不会摘下。我不是一个特别爱换表的人，也不是特别懂得欣赏表，但是表是我日常生活中很需要的东西，如果没有表，很容易忘记时间。

在我的印象中，名士确实从来没有大红大紫过，但其中的几个系列却可以让人心生赞叹。我偏重喜欢其中的Diamant系列腕表，钻石与腕表如此契合，让人难免心中生爱。

拥有177年历史的瑞士制表名家Baume & Mercier，从来没有停止过对于女性的赞扬与欣赏，女士们的举手投足一向是其重要的灵感来源，这也是我对这个品牌多一份情感的原因之一。为了让现代女性在不同场合中成为众人目光的焦点，名士表推出了设计新颖、气质优雅的钻石（Diamant）系列腕表，精心打造出女人腕间的优雅韵味。

钻石系列腕表所拥有的独特鲜明的设计是吸引人的：方形外壳两旁的流畅曲线，圆拱形的水晶镜面，细长的表耳，优美的拱形设计，塑造出别树一帜的动人风韵。而该系列腕表动人的特征在于表冠：每只钻石系列腕表的椭圆造形表冠上镶有单颗美钻，显得尊贵有质感，也散发了与众不同的光芒。

钻石系列提供了最完整的表款，这是我推荐它的原因之二：全精钢材质搭配表链以简洁优雅的设计取胜，搭配蜥蜴皮革表带则强调年轻活跃的个性，而镶钻表款搭配贝母表盘更将女性特质发挥得淋漓尽致。若是欣赏不同材质的结合，钻石系列精钢与18K黄金结合的表款带来了耳目一新的感受。

这款全新的钻石系列腕表，通过精致优雅的钻石搭配，诠释了Diamant的精髓，是名士优雅与时尚的现代气质的融合。全新的Diamant既是出席盛装晚宴的最佳配饰，也是女性日常生活中的良伴，让女人可以轻松地在多种身份间转换，而这是我喜爱它的原因之三吧。

You need know

手表每隔两至三年应做相应的保养，更换防水元件，检测走时性能和机芯功耗，清洗机芯，以及养护外观等，这样的保养服务将有效延长您的手表的使用时间。

● 戴手表时，手上的汗水对表壳有腐蚀性，全钢表壳由于是镍铬合金，抗腐蚀性能好些，半钢表壳是铜的，长期与汗水接触，容易腐蚀，应经常用软布抹去汗水或垫上塑料表托，以防止其被汗水侵蚀。

● 不要随意打开表后盖，以免尘埃进入机芯影响手表的正常工作。

● 不要将手表放在有樟脑丸的衣柜内，以免表油变质。

● 不要将手表放在功放、音响、电视机上，以免磁化。

● 长期存放不戴的手表，应每月定期上发条一次，自动机芯的手表则应轻轻来回摆动几分钟或戴在手腕上一段时间使其自动上紧发条。使零件不致长期处于静止状态，以保证表机的运转性能。

● 收到一只心爱的手表，拆掉外面包装时，千万要保存好防护手表所用的包装盒。这些保护手表的包装盒，能在平常不佩戴时给予手表最安全的保护，避免手表被摔坏或是被碰撞，所以将包装盒保留是绝对必要的，而且建议在平日不戴手表时，养成习惯放入盒内，就能大大减低手表损坏的几率。

● 平常最好不要天天戴同一只手表，应多准备几款不同的手表交替使用，除了能丰富个人的造型，也可避免灰尘、体垢全集中在同一只手表上。对于皮表带，更要小心呵护，以免天天使用造成表带的经常性磨损拉扯，那么即使表面新新的，手表看起来也会十分老旧。

● 表蒙翻新。手表蒙被划出很多道纹以后，可以在表蒙上先滴一两滴清水，再挤一点牙膏擦涂，就可以把划纹去掉而使表蒙如新了。

Diamant系列腕表所拥有的独特鲜明的设计：方形外壳两旁的流畅曲线，圆拱形的水晶镜面，细长的表耳，优美的拱形设计，塑造出别树一帜的动人风韵。

珠宝&腕表

OMEGA

欧米茄 情牵奥运

"OMEGA欧米茄花的每一分钱,都是瞄准着我们的顾客。我们想着他们,我们知道他们需要什么,我们要让他们高兴。"

TIFFANY&Co. BVLGARI Montblanc Cartier Van Cleef & Arpels CHAUMET MIKIMOTO HARRY WINSTON TAHITI Buccellati Kenneth Jay Lane PJ TAG Heuer BAUME&MERCIER OMEGA TISSOT

仅仅作为计时工具,百元上下的石英表足矣,瑞士人成功地把手表转化成一种"手腕上的文化",这个夹在德国和法国之间的国家把德国人的严谨和法国人的浪漫都吸收到自己的制表工业中去,成为工业与艺术以及商业结合的典范,而OMEGA欧米茄绝对是其中翘楚。

这个品牌是中国人认识较早的品牌,那时,能拥有一块这样的表可以说是终生的梦想。

OMEGA欧米茄值得称道的是在过去的75年间,它与奥运会始终有着不解之缘。早在1932年,欧米茄便为洛杉矶奥运会首次担任指定计时。北京奥运会则是欧米茄第23次担此重任。欧米茄精确并可靠的计时表现,当然不容置疑。在2008年的北京奥运会上,作为计时工具的欧米茄更推出了几款限量腕表,为自己的品牌系列增添了许多亮色。而其中的碟飞同轴计时女款限量腕表是我个人比较中意的一款纪念限量版。

这款于2007年10月25日,即北京奥运会开幕前288天正式亮相的限量腕表,以广受赞誉的碟飞同轴计时女款腕表为蓝本,提供黄金、白金及红金三个款式可供选择,与奥运领奖台上金、银、铜牌的颜色交相辉映。

值得称道的是,表壳直径35毫米的欧米茄碟飞同轴计时女款限量腕表采用了装配有同轴擒纵系统的欧米茄专利3313机芯;表面上设有椭圆形计时小表盘;光面18K金表圈上镶有42颗钻石,表冠则缀有一颗0.08克拉的水滴形钻石,配合白色珍珠贝壳表面及短吻鳄鱼皮表带,彰显女款碟飞同轴计时腕表的出众风格。

正如欧米茄的宣传口号"The best choice"一样,碟飞同轴计时女款限量腕表就是你的最佳选择!

OMEGA欧米茄值得称道的是在过去的75年间，它与奥运会始终有着不解之缘。早在1932年，欧米茄便为洛杉矶奥运会首次担任指定计时。北京奥运会则是欧米茄第23次担此重任。欧米茄精确并可靠的计时表现，当然不容置疑。

珠宝&腕表

TISSOT 天梭美婷系列酒桶形腕表

TISSOT
SWISS WATCHES SINCE 1853

永恒优雅

优雅的酒桶形表壳用两个T字附件与表带牢固而灵动地连接在一起，轻巧结实。这是天梭的又一创新设计，令时间顿时活了起来。伴随着腕表自身韵律的不停运转，表盘上波浪底纹的独特设计、特别的"T"字表耳、有型的节节表链，每处细节都让美婷系列三款酒桶形腕表为佩戴者营造出优雅的层次感，这不仅是读时的工具，更是在佩戴中展现优雅个性的腕饰。

拥有150多年历史的瑞士天梭表自诞生之日起，凭借不凡的品牌气质及精湛的制表工艺不断满足各类人群对钟表的不懈追求。

我以前对于TISSOT天梭的形象十分模糊，之后才变得越来越清晰。而其中的全新TISSOT天梭美婷系列酒桶形腕表让我对其印象深刻，我想它应该能在女性腕表中掀起一阵美丽的涟漪。

优雅的酒桶形表壳用两个T字附件与表带牢固而灵动地连接在一起，轻巧结实。这是天梭的又一创新设计，令时间顿时活了起来。伴随着腕表自身韵律的不停运转，表盘上波浪底纹的独特设计、特别的"T"字表耳、有型的节节表链，每处细节都让美婷系列三款酒桶形腕表为佩戴者营造出优雅的层次感，这不仅是读时的工具，更是在佩戴中展现优雅个性的腕饰。

天梭设计师用平滑流畅的线条勾勒精致的表壳，衬托出中间黑色或银色的表盘。表盘采用波浪形底纹，由中间向四周发散，宛如晨光，柔和却光芒四射。整个表盘仅在6点和12点位置采用了阿拉伯数字刻度，数字的造型也和表壳外形相似，3点和9点位置嵌有小点，其他位置的刻度则一概省略，让人把目光集中在优雅的表盘纹路上。

美婷系列的表壳也采用别具匠心的设计，具有两层式的结构。内圈勾勒出表盘，外圈则延伸至表带，和表耳的"T"字巧妙地结合起来，连接表带。表链则由不同大小的部件连接而成，两侧略小，中间稍大。这些设计均为了营造时尚的层次感。在美婷系列中，"优雅"不再仅仅和"简约"画上等号，塑造的层次感更显女性的优雅和多变。闪烁的钻石和表盘优美的阳光纹表盘相互辉映，结合极富几何感的表壳和表带设计。

我认为美婷酒桶形腕表为当今自信独立的女性营造出诗情画意的浪漫，也让女性在摆手瞬间，展现出永恒的优雅。

有关TISSOT的小"秘密"

没有冲突钻石

天梭选用的钻石均为顶级威塞尔顿钻石，购自合法渠道，不涉及资金冲突，并符合联合国决议。天梭特此担保

TIFFANY&Co. BVLGARI Montblanc Cartier Van Cleef & Arpels CHAUMET MIKIMOTO HARRY WINSTON TAHITI Baccellan Kenneth Jay Lane Pt TAG Heuer BAUME&MERCIER OMEGA TISSOT

其所采购的钻石都是基于专家的个人经验和/钻石供应商提供的书面证明，确保这些钻石不是冲突钻石。

腕表中的"环保先锋"

一直以来，天梭凭借着勇于创新的精神研发各类领先产品，而在绿色环保方面，也走在业界的前沿。天梭在腕表的设计和制作工艺中，也加入了绿色环保的元素，PVD真空离子电镀、除尘过滤系统，以及推出G10.211机芯和钛金属的广泛运用，从加工工艺到维修服务，再到腕表机芯及选材，无不体现天梭对于绿色环保的支持和推崇。

天梭突破自我　挑战极限

来自瑞士汝拉地区的让·菲利普·巴特非常大胆开始了他的穿越之旅——骑卧式自行车穿越美洲，同时也在距离上打破了目前这个项目的世界纪录。除了瑞士天梭之外，还会有谁会愿意相信他可以实现人类的又一壮举，并大力支持他的大胆探险？他也没有令我们失望：戴着最先进的天梭腾智手表，于2008年8月 23日从北冰洋岸边的阿拉斯加踏上了征途。作为天梭的大使，这位冒险家以其独特的魅力完美地诠释了天梭品牌对完美表现的不懈追求、追求准确无误以及对自我极限的突破精神。他做到了，穿越了14个国家，5个时区，共计25,000公里，他成功穿越了美洲，并且打破了世界纪录！

［其他好推荐］

睡莲系列——天梭金表突破之作

一般观念中，金表的设计往往传统而经典，款式多以对表和传统款为主。然而，"非凡创意，源于传统"的天梭表则反传统而行之，发布了一款造型时尚，介于腕表和腕饰之间的18K金睡莲系列，力求为女士奉献又一款优雅之选，使贵金属跃上都市丽人的手腕。睡莲系列可谓天梭金表的突破之作，它以睡莲造型作为表壳，将时尚元素融入传统的金表制作中，演绎出女性优雅贵气、卓尔不群的高贵形象。

唯意系列——天梭对表点睛之作

唯意系列的英文名字为"T—ONE"，ONE寓意合二为一。在设计上，唯意的男女款均采用316L抛光精钢表带和表壳，手腕的摆动中引来羡慕的目光。表盘设计简洁而经典，通过两个同心圆，勾勒出表盘的层次感，也表达情侣永结同心的祝愿。该对表采用 ETA自动上弦机芯，透过透明表后盖，可观赏自动上弦机芯运作的韵律之美。唯意对表在"他"和"她"手挽手间，诠释着合二为一的默契和心手相牵的幸福。

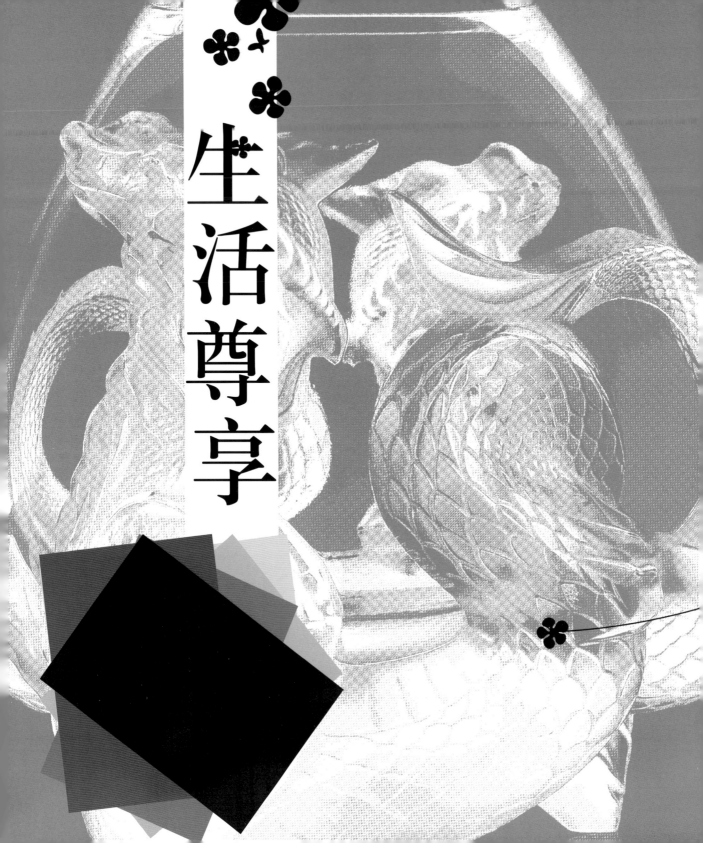

生活尊享

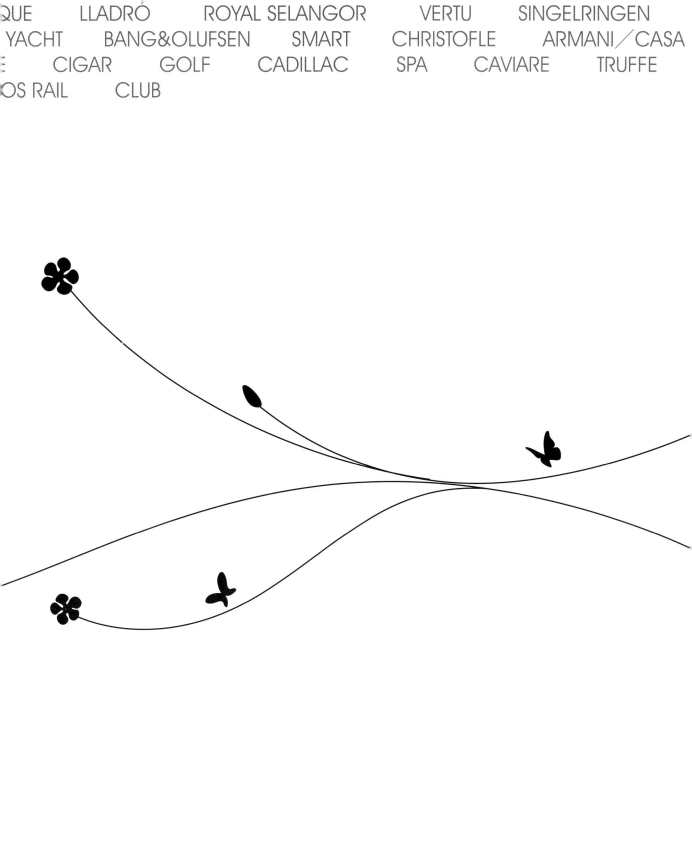

QUE   LLADRÓ   ROYAL SELANGOR   VERTU   SINGELRINGEN
YACHT   BANG&OLUFSEN   SMART   CHRISTOFLE   ARMANI/CASA
E   CIGAR   GOLF   CADILLAC   SPA   CAVIARE   TRUFFE
OS RAIL   CLUB

LALIQUE
莱俪水晶花瓶
源于大自然

LALIQUE莱俪，一个充满传奇与生命力的品牌，百年来的历件作品，代表着顶级的艺术结晶，一直是艺术收藏者的最爱。

　　LALIQUE莱俪的创始者是René Lalique——二十世纪的一位热爱生命的天才艺术家，他前卫、不同于当世的专业设计及制造手法，创作出许多不朽的杰出作品，也为女人带来了更多的生活乐趣。

　　René Lalique早期身处新艺术运动时期，设计具有强烈的自然及古典主义风格，喜好大自然素材，因为想象力丰富，当时被称为"没有时间限制的风格"。我绝对相信，19世纪末法国珠宝业的复兴在很大程度上应归功于René Lalique：正是他重新诠释了现代珠宝的含义。René Lalique最原始的灵感源于大自然。在好奇心和求知欲驱动下，他把自己融入大千世界，努力发掘每一个细微之处，探索自然界中一切能用于装饰的元素，这也是LALIQUE莱俪吸引我的原因。

　　女性形象、蝴蝶、飞蛾、蜻蜓……René Lalique的珠宝作品里糅合了各种奇特的主题，体现着他对自然的热爱。他善于捕捉精美与微妙的细节，用以点缀自己心爱的珠宝，并探寻如何将平凡的材料塑造成灵性四溢的杰作。幸运的是，René Lalique依旧被同时代艺术家与收藏家推崇备至。从伦敦到圣彼得堡，欧洲所有的宫廷与著名博物馆无一不向他索求作品；短短几个月间，拥有一件LALIQUE莱俪作品成为每个人的梦想。从法国乃至全世界，成百上千的艺术家纷纷开始仿制他的作品。

　　René Lalique去世后，品牌由儿子Marc Lalique继承，并带领LALIQUE开拓水晶市场的新纪元。Marc热爱艺术，而且技艺超群。他以水晶代替玻璃，从此，Lalique就成为世人所共知的水晶品牌。在LALIQUE莱俪诸多产品中，花瓶是我尤为喜爱的。我喜欢在家里各处放置精美的花瓶，插上若干枝知名不知名的花朵，阳光斜照下来整个房间顿时变得明亮无比。在这样的氛围中，可以全身心地放松，对于舒缓疲劳有着事半功倍的效果。所以我会极力推荐花瓶，而它们每一件都是来自大自然的馈赠。

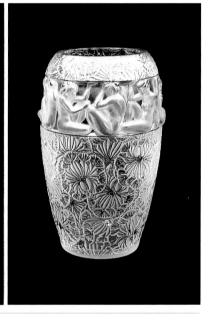

在LALIQUE莱俪诸多产品中，花瓶是我尤为喜爱的。我非常喜欢在家里的各处放置精美的花瓶，插上若干枝各色花朵，阳光斜照下来整个房间变得灿烂无比。

一件精美水晶器怎样制成？

　　水晶工艺技术需花上多年时间才能真正融会贯通。整个过程共有8个步骤：首先以纯黏土用手工雕砌小窑，9个月后，经验丰富的工匠才可决定这小窑是否适合于熔炉内燃烧。载有熔液水晶的小窑被加温至1400℃达两天后，工匠便要从小窑的中央采集熔液水晶，并以均衡的节奏把火球般的水晶置于窑炉内来回横渡，然后进入"热工房"阶段。工匠不停地为采集的熔液水晶进行洁净、塑形及重新加温。

　　与此同时，透过吹制、转动及按压等不同技巧，经过多重繁复步骤，塑造出独特的设计。水晶制品被加热后，随即被放上输送带进行冷却。熔液水晶经过修整后便可以进入整个水晶工艺最后的"冷工房"阶段，当中包括切割、修饰、后期处理及上漆。时至今日，LALIQUE莱俪已是世界仅存的坚持以纯黏土手工雕砌的小窑制作精美的水晶的品牌。

LLADRÓ

雅致瓷艺
细节勾勒灵魂居所

是颇具古典情调的华丽洛可可女郎？或是莫迪里阿尼笔下清雅的缪斯女神？抑或是带着潮湿热带海风而来的优雅少女？这些已然不再是博物馆里遥不可及的珍藏，在Lladró雅致瓷艺的世界里，你会发现与艺术对话的隐秘乐趣。

LALIQUE　Lladró　Royal Selangor　VERTU　Sieghingen　Riva Yacht　Bang & Olufsen　Smart　Christofle　Armani/Casa　Wine　Cigar　GOLF　Cadillac　SPA　Caviare　TRUFFE　Rova Rail　CLUB

就像伍尔芙说的，每个女人都应该有一个自己的房间。在这个情感泛滥的世界里，人们更应当为自己打造一个感性亦坚韧的灵魂居所，艺术、文学、音乐……每个人都可以找到许多方式来滋养自己的灵魂。Lladró雅致以经典艺术作品为创作灵感，希望能够与更多当代女性分享经过历史积淀的美好之作，用细节勾勒属于你的灵魂居所。

其实我觉得西班牙雅致瓷艺之所以知名，在于它一向关注人类的情感。它拒绝英雄式的宏大主题，拒绝不同媒介的等级划分，拒绝把艺术理解为高高在上的不可接近的，而是精心装点生活的每个细节。在Lladró雅致诸多系列中，以18世纪盛行于欧洲的洛可可风格为创作灵感，用瓷艺雕塑的形式呈现了那些性感而妩媚、自信而端庄、充满风韵的洛可可女郎们的作品深得我意。

无论是"风情洛可可"还是"优雅洛可可"，就整体来看颇有Lladró雅致经典的艺术风格，但是若仔细揣摩作品，便会发现Lladró雅致艺术家加诸其间的许多充满当代风格的细节。比如，戴在洛可可女郎拇指上的戒指，聪明而颇有深意的眼神，这些颇有当代色彩的细节反倒混淆了这件作品原本浓郁的古典巴洛克风格。因而，我认为这两件作品是Lladró雅致对于女权主义者的献礼。

我认为这两件作品中最出彩的是"风情洛可可"中摇摆的秋千，Lladró雅致并没有用写实的手法来呈现这个场景，而只是在秋千椅子的两端加上了向上延伸的秋千绳索，它们向上延伸着，似乎消失在空中，令人玩味。而如何保持这件作品的整体平衡，成为了雅致最大的技术挑战，少妇倾斜着身体，而在她的裙子下面实际上并没有椅子作为支撑，虽然作品还配有一个木质底座，但作品与底座之间并不粘连，却仍可以保持平衡，雅致的陶瓷制艺之高超可见一斑。

没错，家即心之所。如果注定生活本身就是时间的消费，那我更愿意用华丽的姿态尽情去享用。

陶瓷制品巧保养

陶瓷是易碎品，同时，易受尘埃、紫外线等侵害，如果保养不当极易损坏。因此，收藏陶瓷应加强保养。

❶ 收藏室内温度不稳定或温差过大容易损坏陶瓷，室内的温度宜保持在17℃~25℃左右，湿度宜在50%~60%，相对湿度变化不超过5%~6%，过于干燥和潮湿都不利于陶瓷收藏。

❷ 强烈的紫外线容易造成陶瓷表面颜色变化，釉层脱落。所以，要防止和减少强光对陶瓷的照射。窗子最好挂上不透光窗帘，或采用有色玻璃。

❸ 过量的灰尘，易对陶瓷形成一定的损害。造成器物表面变色，所以对陶瓷应定期除尘，陶瓷最好存放在柜中或框架上面。

❹ 陶瓷容易破碎，其耳部、把部、口部等部件较脆弱很容易发生断裂，因此不宜经常用手直接触摸，挤压这些易碎部位，搬动陶瓷时，应轻拿轻放，避免碰撞或摩擦。

❺ 如果陶瓷某些部位产生裂纹，器壁或器表出现风化，彩绘和釉层出现剥落，应及时进行加固处理，防止继续扩大，对易破损的部位也应及时进行预防性加固。

❻ 清洁陶瓷器皿可以将蛋壳碾成碎末，可以用它代替去污粉，效果比肥皂还要好。

ROYAL SELANGOR 皇家雪兰莪锡镴制品
尽显名家风范

创立于1885年的皇家雪兰莪，是一个属于锡镴的传奇故事。他们的传奇，始于一位来自中国的锡镴工匠。

誉满全球的锡镴名家Royal Selangor皇家雪兰莪，走过百年光辉岁月，赢得举世赞赏。在1979年荣获马来西亚雪兰莪州苏丹陛下颁发的皇家认可证书，更在1992年8月获马来西亚雪兰莪州皇室御准，起用Royal皇家为名。

这传奇故事源于一位来自中国的锡镴工匠杨堃。他南渡马来西亚，把精湛工艺发扬光大，由小规模手作式经营，积累一点一滴经验和成就，发展成闻名遐迩的国际企业。

时间是会改变一些东西的，例如引进电脑科技进行设计。不过，有许多东西，包括精湛的工艺，却始终如一。皇家雪兰莪出品的锡镴制品，质素上乘，整件作品由热熔锡镴，倒模铸造。至于比较复杂的设计，则由不同部件精工焊接而成，完全不露痕迹。最后，工匠以人工或使用一种称为"石叶"的野生热带叶片打磨，力求效果完美。

皇家雪兰莪的精品锡镴制品，总是散发儒雅的风范，启示高尚情操，不仅高贵雅致，更能引发对人生价值的思索和处世之道的探究。其中的"四君子"系列精品，灵感源自大自然景象。饰以赏心悦目的梅、兰、竹、菊浅浮雕，形态生动，细腻传神，早就荣登我的购物清单之列。

梅、兰、竹、菊，泛称花中四君子，是美好德行的象征。古人喜将心中对崇高品格的颂扬，投射到自然界中美好的事物上。梅、兰、竹、菊也因而被赋以独特的气质和寓意。梅迎霜雪，寓意君子遇困难险阻，依然坚毅不拔。兰香远传，犹如君子内蕴深藏，赢得敬重和赏识。竹节向上，比喻君子刚毅正直，虚心自强。菊秀明净，仿如君子心无杂念，意态悠然从容。

借花物喻人生，表彰君子之道，犹如浑水中的清流，具有启迪思考，开人心窍之妙，是这一系列背后的另一层意义，由此更添价值意趣，也彰显出品位。

皇家雪兰莪出品的锡镴制品，质素上乘，整件由热溶锡镴，倒模铸造。至于比较复杂的设计，则由不同部件精工焊接而成，完全不露痕迹。最后，工匠以人手或使用一种称为"石叶"的野生热带叶片打磨，力求效果完美。

TIPS：

　　锡是一种质地较软的金属元素，熔点较低，可塑性较大，是排列在白金、黄金及银后面的第四种稀有贵重金属。它富有光泽、无毒、不易氧化、不变色，具有很好的造形效果。用纯锡茶叶罐装的茶叶清香四溢，用锡茶壶泡出的茶清淡幽香，用锡杯喝酒清冽爽口，用锡花瓶插花不易枯萎，这也是我喜欢锡制品最重要的原因。

　　由于锡器并非镀在任何材质之上，杜绝了表层脱落的烦恼，只需简单的保养就能保证锡器保持其原有的光泽。

① 用清水或中性洗洁剂清洗，然后用质地柔软的干布顺纹路擦干即可。

② 锡器要尽可能避免接触油渍，如不慎沾上一些难以去除的污垢，切忌用硬物磨刮，您可用香烟灰置于污处用纯棉布擦拭，去污即可，局部的污点可用纯棉布蘸抛光膏擦拭。

③ 磨砂面的锡器产品，可用温暖的肥皂水清洗；而光面的锡器具，以优质的洗银水揩抹过后，可保持恒久璀璨的光泽。

④ 如果你居住在海边，记得要经常用湿布擦拭白锡工艺品，因为空气中的盐分会使其光泽变暗。

⑤ 清洁后务必彻底冲洗并及时擦干，因为残余的清洁剂和水滴均会破坏锡器表面光泽。

⑥ 锡的熔点较低（231.89℃），切忌放置于火边长时间烘烤！

生活尊享

VERTU

女士 ASCENT 特别款手机 尊贵的配饰

ASCENT特别款为拥有它的佳人尽添风采。无论你置身在赛车场、马球场，还是徜徉在地中海温
暖的阳光中，它的精美与独特都可以使你体验不一样的尊崇感受，成为目光焦点。

LALIQUE　Lladró　Royal Selangor　VERTU　Singelringen　Riva Yacht　Bang & Olufsen　Smart　Christofle　Armani/Casa　Wine　Cigar　GOLF　Cadillac　SPA　Caviare　TRUFFE　Roves Rail　CLUB

　　特别版包括深粉色的草莓款VERTU ASCENT STRAWBERRY和乳白色的奶油款VERTU ASCENT CREAM，分别
带有与之相配的精致皮套，独特的钻石菱形穿孔皮革可以抵御从口红到防晒油的一切侵蚀。

　　和每一款VERTU手机一样，这两款手机也使用了最精美的皮革和名贵的材料，由专业工匠在VERTU英国总部
以手工装嵌而成。钻石菱形图案的磨砂精钢背板与皮革的设计交相呼应，再配上VERTU ASCENT系列独有的边框设
计，打造出了耐人寻味的精致与时尚。其实我觉得ASCENT特别款不仅会受到女人的推崇，也会深受男性的喜爱。
因为无论是给自己还是送给妻子、恋人，都是完美的礼物。

　　我喜欢VERTU的原因，其实是所有VERTU手机侧面均配备了专门的"CONCIERGE私人助理服务"专用键。与
全球最有名的水疗中心、餐厅和酒吧都拥有独家合作关系，只需轻轻一按，即可轻松享受全天候的专门服务，可以
帮助你更好地规划每一季的社交活动。

为什么爱VERTU？

　　其实一支普通VERTU手机售价也要万元以上，却仍有那么多骨灰级拥趸，追寻原因，我认为这离不开它独有的
VERTU SELECT。这种全新服务是有史以来首次将奢华世界带入移动电话的移动门户服务。无论身处何方，VERTU
拥有者都能够通过手机轻松连接并浏览为他们度身定制的在线新闻与评论。

　　VERTU SELECT使每一部VERTU手机都能自由直接连通至奢华世界。为了创制这种新型服务，VERTU与两家全
球顶级奢侈品风尚权威媒体ROBB REPORT与ELITE TRAVELER建立了合作关系。以独家移动内容为基础，VERTU
SELECT的评论直接取自这两家出版物的页面，传递这两家杂志的编辑提供的最具权威性的第一手信息与意见。
VERTU SELECT是一种独家服务，由具有国际知名度的合作伙伴提供具有顶级质量的在线信息。这种服务专为全球

聪慧成功人士设计，完美体现了VERTU的使命，即只为客户提供"最优秀"的产品和服务：最优秀的材质、私人助理服务（CONCIERGE SERVICE）、最优秀的合作伙伴，现在，还有最优秀的信息服务。

VERTU SELECT的每周更新内容将被直接送至VERTU手机，包括对全球顶级腕表、珠宝、游艇、私人飞机、时装和汽车的独家评介，以及对全球一流酒店、度假胜地、顶级套房以及温泉浴场等的介绍与推荐；还包括非常珍贵的名流联系信息以及来自奢侈品世界的最新新闻，如新品上市、新型服务和重大活动等。

目前只有新型VERTU SIGNATURE、ASCENT TI和CONSTELLATION手机提供VERTU SELECT服务。VERTU SELECT的使用非常简单，只需使用关键词按照种类进行搜索和浏览即可。VERTU SELECT还提供其他附加服务，帮助客户对手机进行定制，访问经典铃声库和TIME-PIECE壁纸，也可通过全球领先新闻提供商的链接浏览世界新闻模块。

[其他好推荐]

VERTU推出BOUCHERON特别纪念版

致力于制造全球顶级手机的VERTU品牌推出新品，以纪念著名的巴黎珠宝品牌宝诗龙（BOUCHERON）诞生150周年。

VERTU宝诗龙（BOUCHERON）150周年特别版的精华在于，它反映出了两个品牌所共有的特性。它的设计以VERTU SIGNATURE为基础，但突破了传统的核心设计理念，以一种令人惊叹的姿态打破了手机设计的成规，造就了一部真正的雕刻精品。精致的宝石切割面是宝诗龙的核心工艺特点之一，受此启发，VERTU宝诗龙（BOUCHERON）150周年特别版设计了角度持续变换的表面，呈现出宝石切割的外观。标志性的VERTU "V"标志被巧夺天工地刻在不规则的三面体上，看似杂乱无章实则错落有致，形成 VERTU与BOUCHERON元素的完美融合。它的神奇之处在于，不是通过珍贵的宝石，而是通过切面金属的纯净形状与线条获得光芒璀璨的效果。

最精美的皮革和名贵的材料，由专业工匠在VERTU英国总部以手工装嵌而成。钻石菱形图案的磨砂精钢背板与皮革的设计交相呼应，再配上VERTU ASCENT系列独有的边框设计，打造出了耐人寻味的精致与时尚。

TIPS：

VERTU是全球顶级尊贵工艺手机制造商和行业先驱。VERTU手机于2002年首次推出，目前已经拥有了三个各具特色的产品系列；所有VERTU手机均在该公司英国总部由巧手工匠手工装嵌而成。VERTU手机在全球48个国家的VERTU专卖店和370多间精品钟表、珠宝店及大型百货公司发售。截至目前，VERTU在中国共有25个销售点，其中包括两家旗舰店——北京东方广场店及上海外滩18号店。

生活尊享

SINGEL RINGEN

单身戒 **VS** 单身链 很单身很骄傲

爱别人，先学会爱自己。通过享受自由的单身生活，快乐坦然地面对爱情，你的吸引力也会快速翻升。

LALIQUE Lladro Royal Selangor VERTU Singelringen Riva Yacht Bang & Olufsen Smart Christofle Armani/Casa Wine Cigar GOLF Cadillac SPA Caviar TRUFFE Remo Rail CLUB

136 魅力女人 下
约取0件时尚圣品

你是单身吗？你享受单身生活吗？其实每个人单身的时候，那种状态是非常特别的，或许想大声地宣告给其他人却找不到合适的方式。如今，单身戒与单身链，带给人们全新的单身理念，用以传达完全属于自己的、独一无二的单身宣言。

我会认为，尽管在这个时代，人们可以速食一切，却从心灵深处拒绝速食爱情。随着单身戒和单身链的到来，一种全新的生活理念正在不断扩散：爱别人，先学会爱自己。通过享受自由的单身生活，快乐坦然地面对爱情，你的吸引力也会快速翻升。

带着这种对爱情对人生开放的态度，单身戒和单身链的所有产品都用独特的、代表单身的蓝绿色来呈现。单身链最独具匠心的创意在于其附带的配饰小吊坠。如果你是

生活尊享

女士，你可以随心所欲地从高跟鞋、小酒杯、十字架等30个不同种类的吊饰中选择自己最喜欢的，将它们挂在手链上、项链上，或者是手机链上，来表达你独特的单身选择。更有趣的是，设计师保证每两个月都会新增加10种吊饰，变幻无穷的搭配组合，你可以既随意又精心地选择你自己的单身标记。

如同单身戒一样，单身链也都会拥有全球唯一的注册号码，登陆单身戒社区，注册成为会员，你不但可以知道自己是全世界第几号 Single，更可以与其他单身人士交流，畅享你们独特的时尚单身生活。

一股单身蓝色风潮即将再次席卷全球。如果看到了和你选一样配饰的人，千万别错过。主动走过去，打个招呼，没准儿他就是你一直在等的人。

关于单身戒指

单身戒诞生于2005年，由瑞典设计师Johan Wahlback创建。它现在已经在全球4大洲的20多个国家销售，总销量超过25万枚。单身戒及其概念反复被媒体报道，并不断地有诸如Paula Abdul、Katie Holms、Terrence Howard、Juliette Lewis等众多明星佩戴。在中国，单身戒指集中于网络销售，Wooha网等购物网站都是单身戒

LALIQUE Lladro Royal Selangor VERTU Singuliergen Riva Yacht Bang & Olufsen Smart Christofle Armani/Casa Wine Cigar GOLF Cadillac SPA Caviare TRUFFE Rovos Rail CLUB

138 魅力女人

指的合作伙伴。

　　单身戒指"Singelringen"是瑞典文，意思是"proud singles"戴的戒指。瑞典传统工艺与现代casual概念的融合，Singelringen就像是把单身的ID戴在手上，随时随地期待与另一只单身戒的美丽邂逅——湛蓝玻璃纤维接合在纯银戒环上，弦形缺口象征对新朋友或者新浪漫关系的开放态度。

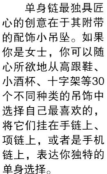

　　单身链最独具匠心的创意在于其附带的配饰小吊坠。如果你是女士，你可以随心所欲地从高跟鞋、小酒杯、十字架等30个不同种类的吊饰中选择自己最喜欢的，将它们挂在手链上、项链上，或者是手机链上，表达你独特的单身选择。

生活尊享

RIVA YACHT 丽娃游艇
水上奢幻行宫

超级游艇已经取代了宫殿、不动产和艺术品，成为财富的终极象征，这一点都不让人感到意外。

意大利美丽的科莫河畔，这里曾缔造了20世纪五六十年代的一个又一个神话。拥有166年历史的意大利顶级奢侈游艇Riva丽娃是世界游艇界中历史最悠久、最昂贵、最富传奇色彩的品牌之一，从国王到君主，从公主到王子，从国际巨星到乘喷气式飞机到处旅游的顶级富豪，当时许许多多的达官贵人们都被Riva的名字征服：西班牙国王、约旦国王、意大利末代王储、摩纳哥王子，明星伊丽莎白·泰勒、辛·康纳利、索菲亚·罗兰、乔治·克鲁尼、尼古拉斯·凯奇、布拉德·皮特、碧姬·芭铎以及拥有Riva Opera的李嘉诚，都以其作为自己身份的象征。

Riva历史上最成功的游艇，莫过于"Aquariva出水丽娃"了，堪称意大利传统手工艺和现代高端科技的完美结晶。2006年，Riva特意打造了唯一一个型号为Aquariva Cento的限量收藏版，受到全球客户大力追捧，仅10款还未开始制作就已经被订购一空。唯一一艘已经造好的船号为100号的收藏版，则是通过在伦敦举行的盛大展示和拍卖仪式而售出。主持该拍卖会的是英国查尔斯王子基金会。当天查尔斯王子及王妃卡米拉和Riva CEO在仪式开始前碰面并一同出席Riva盛大的庆典。

Riva丽娃鲨鱼般优雅的身线、珍贵的木材、代代相传的工艺和不惜代价的细节注重，相信会为拥有它的人带来无比的舒适、可靠、性能及身份象征。

TIPS:

游艇的定义

　　游艇，从广义上来说就是设计精美、品质上乘的休闲船舶。国际市场上，通常长度超过10米，价格在10万美元以上的船艇才能被称为游艇（yacht），在这之下的只能被称为船艇（boat）。游艇集航海、运动、娱乐、休闲等功能于一体，它更是享受生活的代名词，象征着活力、休闲、冒险、惬意、优雅、气派。目前在欧美等国家，平均每171人就拥有一艘游艇，其中挪威、新西兰等国家的人均游艇拥有比例高达8:1，美国为14:1。

游艇的历史

　　17世纪中叶英国国王查尔斯二世登基时，国内专门为他打造了第一艘做工精细考究，具游艇意义的皇家狩猎渔船，而这也就是现代游艇的雏形。之后王公大臣们纷纷仿效，把渔船改装为豪华的娱乐用艇。18世纪，欧洲众多沿海国家的贵族、富豪开始竞相以改装帆船来炫耀身份和财富。19世纪英国制造商首次把螺旋桨和蒸汽机装备在游艇上。

游艇的种类

按尺寸划分　以尺寸作为划分标准，游艇主要分为三类：40英尺（12米）以下的为小型游艇，介于40~60英尺（12~18米）间的为中型游艇，60~80英尺（18~24米）间的为大型游艇，而超过80英尺（24米）的就属于豪华游艇范畴了。

按功能划分　按照功能划分，游艇主要分为——

　　运动型游艇：此类游艇多为小型游艇，设计时更侧重速度，配置比较简单，价格较低，主要针对热爱刺激运动的年轻人及其他中低产阶层消费群。

　　休闲型游艇：此类游艇多为家庭度假出游所用，通常配有1至4个舱房设计，市场上销售的游艇也主要以此类为主。

　　商务型游艇：这类游艇多为大型游艇，除了考究的外观设计外，内饰也更趋豪华，主要针对富豪阶层，可用作私人游玩、商务会议或是朋友聚会。

按地域划分　游艇的产地主要分为三个地区，主要有——

　　意大利：出自意大利的游艇设计风格注重浪漫、豪华和典雅，并始终引领着现代游艇的发展潮流，主要品牌有Azimut，Beneteau，Ferretti，Itama，Pershing和Riva等。

　　美国：产自美国的游艇更注重个性化的设计，传达着时尚前卫的信息，主要品牌有Regal，Brunswick等。

　　英国：英国的游艇犹如这个国家的悠久历史和传统气息一样，始终充满了如王室般古典尊贵的神秘质感，主要品牌包括Sunseeker和Princess等。

　　众多欧美经典影片也有Riva游艇的婆娑倩影，如玛丽莲·梦露的《热情如火》，辛·康纳利的《印第安纳·琼斯之圣战奇兵》，"007"系列的《最高机密》、《金眼睛》、《日落之后》以及布拉德·皮特的《十二罗汉》……

141

生活尊享

BANG&OLUFSEN

家庭影院
双重享受影音

无论对音效画质的苛刻要求还是家居风格的完美搭配，卓越科技和感性魅力完美结合的B&O视听产品都满足了你的极致追求，带来充满声色魅力和艺术气质的品质生活。这便是B&O视听产品的完美内涵所在。

　　我的好友曾对我说，对视听产品的音效画质是不能妥协的，对视听产品的外观和人性化更应追求完美。应该说只有丹麦顶级视听品牌Bang & Olufsen可以满足追求极致的心愿，打造一个堪称真正完美的家，如果你也同样苛求，相信它也会满足你的要求。

　　当你变成音乐迷，便会要求视听产品对于不同风格的音乐可以同样完美地诠释。你可以选择BeoLab 5扬声器满足你的挑剔。内置适应性低音控制不受音量限制，自由展现爵士的忧郁浪漫；声学透镜能均匀地散播最能体现音乐优美的中音和高音，完美演绎出摇滚的激情狂野和古典的优雅曼妙。最令你满意的是，BeoLab 5扬声器还能不受位置限制让你在任何位置都能自在聆听。

　　当你变成电影爱好者，只有剧院般的效果才能满足你挑剔的目光。你可以选择BeoVision 4电视机和BeoLab 9扬声器打造完美的家庭影院效果：60寸的等离子超大屏幕无论在白天或是夜晚都始终提供最佳色彩和对比度的画面；BeoLab 9扬声器将电影中每一处声音真实还原，演绎剧院般的音质，为你提供尊贵的视听盛宴。

　　如果你是家居迷，除了出色的性能，视听产品雅致不俗的外观同样不可或缺。你的家可以摆放最能配合你精心打造的家居风格的视听产品。可选择将屏幕和扬声器放进"画框"里（BeoVision 9电视机），简约又不失大气的外观会为你家中增添一份古典气质。而拥有独特灯塔造型及四种颜色的自由搭配的BeoLab 9扬声器也可成为你的心仪之选。

　　如果你还向往纯净简单的影音生活。面对复杂的生活电器，你可以选择Beo 5遥控器帮你实现这个简单心愿。只要轻点按钮，靠在沙发上你就能心满意足地等待电视开启、窗帘拉上、灯光调暗，家中立刻变成豪华的梦幻影院。

　　无论音效画质的苛刻要求还是家居风格的完美搭配，卓越科技和感性魅力完美结合的B&O视听产品都能满足你的极致追求，带来充满声色魅力和艺术气质的品质生活。这便是Bang & Olufsen视听产品的独到内涵所在。

［其他好推荐］

BeoSound 1播放器

　　内置CD播放器和FM收音机的BeoSound 1播放器可以让你在任何地方都享受到美妙的音乐。从高音到低音，它的播放表现毫不逊色于5个独立的强劲功放。白色外观不仅优雅夺目，还可以增强FM无线电接收能力。此外，它还可以与便携式播放器连接，如BeoSound 2，BeoSound 6和iPod等。

BeoLab 6000扬声器

　　BeoLab 6000扬声器设计的最初理念是将扬声器隐形。纤细的外表却有着极其先进的内部构造，以保证从最小到最大音量的完美音质。高保真的音响设备完美地包裹在简约的白色线条的外观里。BeoLab 6000扬声器用其无可挑剔的品质充分证明了音响并非越大越好。

BeoVision 8电视机

　　BeoVision 8电视机充满了让人惊喜的体验。高分辨率屏幕不仅适合用于计算机屏幕，还可作为游戏机的显示器。屏幕下方的低音扬声器为电影和音乐的完美播放提供了坚实的基础，而前端的高音单元则特别善于表现人声。BeoVision 8电视机音质纯净自然，拥有前所未有的视听效果。

BeoCom 2电话机

　　外观上浅浅的弦月设计和使用者脸部的线条相吻合，通话时，每个声音细节都通过BeoCom 2电话机纤毫毕现。此外，BeoCom 2电话机还能用来遥控其他B&O家电产品的音量而营造最舒适的通讯氛围；内置的电话簿可以储存200组电话号码，并通过机座与其他电话机共享。

音效画质的苛刻要求？家居风格的完美搭配？卓越科技和感性魅力完美结合的B&O视听产品都能满足你的极致追求，带来充满声色魅力和艺术气质的品质生活。这便是Bang & Olufsen视听产品的完美内涵所在。

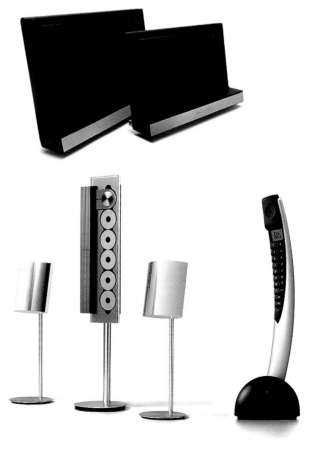

生活尊享

SMART

smart

你的"小玩具"

它每次上路，必能引得路人驻足欣赏；它已在2002年，被纽约现代艺术博物馆永久收藏；它系出名门，是汽车界巨擘梅赛德斯—奔驰汽车集团和瑞士钟表集团swatch共同研发的心血结晶。它就是Smart。

如果你在堵车时观察一下周围的车辆，你会发现大部分小汽车都只有一位乘客。科学家们也有同样结论：调查数据显示，城市公路上每辆车平均载客数仅为1.2人。不仅如此，你还会发现，大部分人使用私家车，仅将其作为每天上下班的交通工具而已。数字统计表明，除非是在超大型的城市，一般城市中的汽车平均每天行驶里程不足30公里；而且一天之中有90%的时间，车辆都处于闲置停放状态；有时为了找到一个停车位而不断兜圈子，也是令很多司机不快的事情，你也同样如此。

能在拥挤的城市里自由自在地游走，在狭小的空间也能从容就位，这可能是所有驾车人的梦想。人们真的很需要一部专为城市生活而设计的汽车：首先，这部车要占路面积小，适应拥挤的城市空间；其次，要易于停车；第三，最好是节能环保、不会使城市污染恶化的小排量车型。正是因为考虑到这些需求，一个整合了时尚创造力与梅赛德斯—奔驰轿车制造经验的新汽车品牌"Smart"于1994年诞生了。

Smart在欧洲可以说是一炮而红，其创新动感的设计、灵活轻盈的外形、无与伦比的安全性能和节能低排的环保特性受到个性时尚、富有主见的年轻人的追捧。在风靡全球的影片《达·芬奇密码》中，女主角奥黛丽·塔图饰演的密码破译专家驾驶的就是一辆Smart fortwo。Smart fortwo在电影《达·芬奇密码》中的亮相是其继电影《粉红豹》(Pink Panther)之后，再度跃上大屏幕的作品，两次"触电"体现了Smart跨越汽车技术与电影艺术的超凡魅力，再次把Smart兼具创造力与时尚影响力的特质体现得淋漓尽致。

我喜欢乐活理念，家里还摆放着这家公司在一次活动时送给我的精致模型，可心可爱，有时会把玩一下。作为市场上最小巧的车型，Smart就像一个小玩具，它代表着革新技术、实用功能以及城市生活乐趣的完美结合，我认为选择Smart的人们虽然在国籍、年龄、职业和性别上各不相同，但是他们都拥有相同的生活态度，他们思维活跃、崇尚个性，追求新鲜事物、欣赏创意设计。选择Smart，不仅因为它专为城市生活而设计，还因为Smart是一个彰显与众不同个性与品位的品牌，驾驶着Smart穿梭于都市的大街小巷，就像游走在江河里的自由自在的鱼，乐趣无穷、卓尔不群。

在风靡全球的影片《达·芬奇密码》中，女主角奥黛丽·塔图饰演的密码破译专家驾驶的就是一辆Smart fortwo。Smart fortwo在电影《达·芬奇密码》中的亮相是其继电影《粉红豹》(Pink Panther)之后，再度跃上大屏幕的作品。

最IN的自动售卖机——Smart自动售卖机登陆中国

知道最具创意的自动售卖机是什么样的吗？作为"潮人"的你一定不能错过最新呈现的"Smart自动售卖机"！这个被称为"Smart自动售卖机"的新奇装置是个可以在内部停放一部Smart fortwo实车的精巧小屋，其神奇之处更在于它兼具自动售卖机的功能，每次只需投入一枚1元硬币，你就可以从售卖机中得到一个神奇别致的"Smart魔方"（smart cube），魔方上包含了Smart这款车的最新信息。喜欢Smart的你还可以通过"Smart自动售卖机"享受自助预约服务，递交试驾Smart的申请表，甚至可以为自己预订一辆Smart，成为国内的首批Smart车主。

生活尊享

CHRISTOFLE 昆庭

银器的隐秘

任何本质奢华的地方，总会发现Christofle的踪影。

对于Christofle昆庭代表的奢华和其受到的尊崇，我相信没有人会产生妒忌和非议。因为早在19世纪中期，Christofle昆庭就凭借其高贵的风格和顶级的品质受到欧洲王室贵族的追捧，成为法国贵族生活方式的象征。

查尔斯·克里斯托弗于170多年前，在法国创建了这个品牌。他以制作珠宝起家，凭借一项电镀银技术的专利权转而成为银器制造商，并把Christofle昆庭打造成为御用品牌，为无数声名显赫的顾客提供精美银器。这些顾客中包括了法国国王路易斯·菲利普和拿破仑三世。1845年，法国国王路易斯·菲利普选用了很多Christofle昆庭的产品，作为自己城堡的桌上用具。这次愉快的合作之后，Christofle昆庭公司成了王室银器的固定供应商。

由不得你不信，杰出的奢侈品品牌总是用看待艺术品的眼光来看待自己的产品，它们在奢华和精美之外，不会忽略艺术在产品设计中的重要性。正因如此，在19世纪和20世纪的每个阶段，Christofle昆庭都是艺术装饰风格的先驱者，它甚至汲取了东方景泰蓝的搪瓷技术来丰富自己的设计理念。现在，Christofle昆庭公司隶属于法国奢侈品牌协会，它在全球拥有60多家店面，其银器、瓷器设计最为豪华酒店所喜爱，我在一些知名酒店比如威斯汀、香格里拉中，总能看到Christofle昆庭的东西。

［其他好推荐］

雕花托盘

延续其对精湛手工艺的一贯追求，Christofle昆庭又为小型雕花银质托盘家族增添了新的成员。继具有自然主义风格花草图案的产品，以及具有独特的盾形纹章设计的Royale系列之后，Christofle昆庭多款精美绝伦的巴洛克风格托盘新品，现已问世。

镌刻书签

从威尼斯到纽约，Christofle昆庭新品书签精美的雕刻与镀银的光泽相映生辉，伴你一起踏上旖旎的文学之旅。

LALIQUE Lladró Royal Selangor VERTU Singelringen Riva Yacht Bang & Olufsen Smart Christofle Armani/Casa Wine Cigar GOLF Cadillac SPA Cavicare TRUFFE Royen Real CLUB

146 魅力女人 的IQ件奢侈品⑫

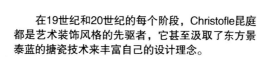

在19世纪和20世纪的每个阶段，Christofle昆庭都是艺术装饰风格的先驱者，它甚至汲取了东方景泰蓝的搪瓷技术来丰富自己的设计理念。

如何保养银器？

● 器面保养：最好的保养方法是天天佩戴，因为健康人体的油脂可保银饰不被氧化而温润光滑，越戴越亮。其次是尽可能不接触化学制品和海水，以免变色。戴完后用棉布擦净，放于首饰盒或袋子里保存。对于已经氧化变色的银器，可用细毛刷蘸牙膏刷洗，并用棉布擦干，还可用擦银布擦拭器表，恢复原有的光泽。尽可能不用洗银水，因为洗银水对银有一定的腐蚀性，用洗银水洗过后会更容易发黄。对于比较精致的立体形银饰，不要将其擦拭光亮而影响立体效果。白银也不能同其他金属（特别是黄金）放在一起，否则时间长了会发生同化现象，影响美观。

● 器型的保养：现代银器器型保养可参照古代银器器型保养的方法，略有不同的是：对于损伤特别严重的现代银器，可毁形重铸，又能达到美观的效果。

● 防止银器变黑：硫化氢和硫化物使银器变黑，由于空气中有硫，某些食品（如蔬菜、蛋等）含有硫化氢，银器使用之后务必尽早清洗，以免硫化（俗称氧化）。洗净之后，将器具分类，置于架上浸入40℃以上不含氯的稀释淡碱水中10至15分钟，再取出漂清，完全擦干。餐刀刃的斑点先用浸醋的布擦除，然后漂清擦干；另一个方法是把切成一半的洋葱蘸绵白糖擦拭刀刃然后漂清擦干。

● 银器去黑：银器浸入加铝箔或铝片、温度在78℃的盐水或苏打水中1至3分钟。而自动洗槽可保持温度不变控制时间、循环水泵使盐水时升时降，这种电解法必须在银器不粘有油脂时才有效。

● 银器擦亮：用海绵或全棉类织物涂上擦亮剂干擦，然后用干净柔软的毛巾或脱脂棉擦亮。好的光亮剂仅留一层看不见的保护膜。

● 银器的维护：银器保管对保护其美观与清洗一样重要。银器不能堆放，擦干的银器要放在没有含硫和烟气的房间内（远离暖气），存放在没有硫和木料的塑料容器中，一个容器一件银器。如果每天使用后放在塑料碗篮内，则要避免接触坚硬物体，防止磨蚀表面。

● 银器的日常清洗：用温水加普通洗洁精清洗，并用清水过清，所有金银产品均不能用漂白水、强酸类去污粉等化学剂漂洗。

生活尊享

ARMANI/CASA 家居系列

大牌的生活品位

LALIQUE Llardro Royal Selangor VERTU Steigelmagen Riva Yacht Bang & Olufsen Smart Christofle Armani/Casa Wine Cigar GOLF Cadillac SPA Caviar TRUFFE Rovos Rail CLUB

148 魅力女人 的DO件时尚圣品

作为时尚大师，Giorgio Armani总是热衷于把他的设计天赋发挥到诸多的领域里，如今他将个人的时尚风格文化灌注到室内装潢领域，创造出完整的"Armani生活品位"。Armani／Casa于2000年面世，首间店设于米兰，一经问世就取得了不俗的业绩。

我认为Giorgio Armani美化家居的独特眼光体现于他强烈而融合的设计方针。这种美学态度反映他的个性和对简约主义的不舍追求。他的设计包容和荟萃不同文化，从30年代的装饰艺术风格以至东方主义都能在Armani／Casa中求同存异。

Giorgio Armani 集结世界上高超的工艺团队，以细致的质感、简单纯正的本质与造型，呈现低调内敛的感官享受与使用的舒适质感。Giorgio Armani认为优雅不是受到注意，而是被记住，将五种感官要求融于 Armani／Casa 的品牌之中，带领大众进入 Armani/Casa 的经典品位。

Armani/Casa店的系列艺术摆设在选料上都是精益求精，皮革、木材、真丝、羊绒，还有牛角、珍珠、陶瓷和纯银。同时，Giorgio Armani特别开展材料研发计划，为这一系列简洁流线的家居品增添一份贵气。

我对家具中运用的中国元素爱不释手，显得既朴素简单又不失高贵典雅，这也是我喜欢Armani/Casa的原因。其设计的家具中装饰品大量运用的龙纹和云纹，和面料、背墙结合起来的效果非常棒。Armani的设计原则，在家具方面一样体现得淋漓尽致：去掉任何不必要的东西，注重舒适。最华丽的东西实际上是最简单的。

Armani/Casa显得既朴素简单又不失高贵典雅，正是我喜欢它的原因所在。其设计的家具中装饰品大量运用的龙纹和云纹，和面料、背墙结合起来的效果非常棒。

选择家居品的原则

　　家居品的配置与选择首先应考虑房间的使用性质。例如住宅的卧室中必然设置床，如果说这间房间要兼作工作室，则应放置工作台和书架。在确定了房间的性质、用途后，再从家居品的尺寸、风格、色彩、质地、造型等方面加以考虑进行选择配置。选择时应该着眼于整体环境的需要，把其当作整体环境的一部分。具体可以从以下几个方面考虑：

种类与数量：

　　室内家居品的多少应由房间的使用及面积大小来确定。盲目地追求件数、套数会使房间变得拥挤、零乱。

尺寸：

　　选择家居品不仅要看其本身的尺度，还要考虑它给人的感觉。在住宅中避免采用大尺寸的家居品，从平面布局和经济上看是合理的。

风格：

　　风格是指家居品的造型、质地、色彩、尺度、比例等总的特征。不同材料、结构、造型、色彩等形成的成套家居品放在一定的环境中都有其独特的风格。住宅中摆放什么风格的家居品，取决于主人的情趣和爱好。但必须遵循"协调"的原则。

生活尊享

WINE

葡萄酒
俨如红颜

如太阳般热情的勃艮第(bourgogne) 葡萄酒的味道，是每一个女人们在早晨最为期待的，远远超过情人给予的热吻。

贾宝玉有句流行甚广的名言："女人是水做的。"然而《圣经》上却又截然相反，说女人是火。忽又想起若干年前读到过一篇文章，说女人是水的外形和火的本性的结合，于是水火相融于一体。这样便推导出一个结论：女人似酒。想一想，女人怎么会不是酒呢？我会觉得女人如同醇厚温香的红酒，你要细品才可以。

在法国葡萄酒中，"皇"自然是勃艮第；而"后"，或者说"女王"则是波尔多。"皇"口感圆润，有独特芳香；而"后"的色泽深厚，有苦涩口感；"皇"的最佳饮用期是1~10年，而"后"经常能保存3~20年甚至更久。甚至说到酒瓶，"皇"是柔美的溜肩，"后"是正气的端肩。这和"男人苦涩女人甜美，男人坚强女人柔弱，男人耐老女人怕老"的一般想法不是刚好反过来吗？

也许这与勃艮第成名较早，抢先占了"皇"的封号有关，因为波尔多被介绍到宫中已经是路易十五的时代。那个深得法王宠爱的蓬巴杜夫人，在被流放到波尔多的大人物的介绍下，喝了拉菲特堡(Château lafite)的红酒，很喜欢它那卓越的味道，从此每天在凡尔赛宫晚宴时都点名要喝它，使得波尔多红酒在宫中传播开来，继而风靡巴黎。

如今，当法国葡萄酒打出令人不可思议的价格时，还是能够轻易地找到买主。勃艮第地区的罗马那宫第葡萄酒，一瓶刚出厂的酒就要卖1500欧元！而且还是和11瓶其他的葡萄酒一起成箱卖！该地区另外一家酒农更牛：他只卖给老客户，要想成为新客户，对不起，先在"等候"名单上候着，等哪个老客户退出了再说。

红葡萄酒配奶酪是通用的规则，可是，现在在法国葡萄酒专业人员中，越来越多的人认为，干白葡萄酒配奶酪、特别是羊奶奶酪，美味无比。有些自诩的专家，总爱说某一种酒太"年轻"了，存放时间还不够长，所以味道还不行，应该再存多少年才会如何如何。勃艮第地区最大的葡萄酒生产商和经销商之一高尔东·安德海公司的总经理古榕先生却说：时间不会改变酒的"性格"，而只会改变酒的"容颜"。

如果一种酒"年轻"的时候不好喝，那时间也不会改变多少它的味道——这样的葡萄酒再存放多少年也没用！相反，一种酒"年轻"的时候就是好酒的话，那随着时间的推移，它则会越来越醇。是不是像极了女人？本来的光芒只会随着时间的历练变得更加柔和，却又更加地让人无法从她的身上将目光移开。

LALIQUE Lladro Royal Selangor VERTU Stngelnngen Riva Yacht Biaug & Olufsen Smart Christofle Armani/Casa Wine Cigar GOLF Cadillac SPA Caviaer TRUFFE Rowen Real CLUB

我喜爱葡萄酒。如果一种酒"年轻"的时候不好喝，那时间也不会改变多少它的味道——这样的葡萄酒再存放多少年也没用！相反，一种酒"年轻"的时候就是好酒的话，那随着时间的推移，它则会越来越醇。

TIPS：

玛姆红带香槟

瓶身上拿破仑时代的耀眼红色绶带标志，整个瓶身上下充满法国人曾经的荣耀与活力，绵延着一百七十多年激情与博爱交相辉映的历史，是世代传承的精致工艺与最先进的现代科技相融合的结晶。它的精巧非常，使之历经岁月洗涤而经久不衰。它璀璨的色泽，细腻的芳香，优雅的气泡和多样化的混合佳酿，俘获了全世界热爱生活和香槟的鉴赏家之心，成为举世的梦寐之选。

法国酩悦香槟

诱人气泡与施华洛世奇纯净水晶就像天使与魔鬼综合体中的双子，共同折射出炫目而无穷变幻的璀璨光彩，增添了无限的新奇情趣。自1743年诞生起，传奇般的法国酩悦香槟便始终是精彩与愉悦的代名词，那独特的口感与迷人的芳香令无数人为之着迷。260多年来，作为世界上首个国际化奢侈品牌，法国酩悦香槟不断为人们创造欢愉感受，展现奢华精彩，并凭借其独有的迷人光泽与非凡口感，在人们的记忆中留下了不容取代的香槟体验。

巴黎之花美丽时光玫瑰香槟

雅致柔和的玫瑰色泽与旖旎浪漫的酒香，酒中有鸢尾花、紫罗兰的芬芳，又有草莓、黑莓的新鲜果香，让容易动情又喜好幻想、重视精神生活的女人难以忘却。众多专业人士把这款酒列入世界上最尊贵最精美的名酒俱乐部中并非出于偶然。因为这款酒堪称是两个世纪的历史结晶。早在1885年的克里斯蒂拍卖行首届香槟拍卖会上，巴黎之花香槟1874年份就荣膺19世纪最昂贵葡萄酒之誉。

CIGAR

雪茄
放缓生活余调

"抽雪茄的人，是个冷静的人，从容不迫、知所进退。"你绝对不会看见有老资格的雪茄烟枪，会焦躁不安、猛喷烟圈的。

LALIQUE　Lladró　Royal Selangor　VERTU　Singelringen　Riva Yacht　Bang & Olufsen　Smart　Christofle　Armani/Casa　Wine　Cigar　GOLF　Cadillac　SPA　Caviare　TRUFFE　Rover Real　CLUB

雪茄已经不是男人们的专美，越来越多的女人也加入了雪茄客的行列。当然，你也许可能没有那么多金钱、时间和身体本钱去成为一个骨灰级的雪茄客，但偶尔从雪茄中获得乐趣倒是很不错的。

TIPS:

对雪茄很认真的人，最好要遵守下述规则：

请就你的脸型选择雪茄，小的有细长型的（约四英寸半长），大的有特大花冠型的（约八九英寸长）。普通的花冠雪茄长五又四分之一英寸，对于脸型大小普通的人，大概都是最理想的选择。

不要一直把雪茄叼在嘴里。讲话会不方便，尾端也会湿掉。

不必花钱在雪茄烟嘴上面，这是画蛇添足。用烟嘴抽哈瓦那雪茄是件很扫兴的事，颇像用保丽龙杯喝上等的波尔多红葡萄酒。

奢侈品不是人们生活所必需的，但它们是会让人心情转好的东西，无论是一个Louis Vuitton的钱夹还是一套PRADA。如今的社会真的变得越来越好，女人们也可以享受一支1998年的Château Latour，或是一盒Davidoff No.2雪茄带来的兴奋。

事实上，雪茄已经不是男人们的专美，越来越多的女人也加入了雪茄客的行列。当然，你可能没有那么多金钱、时间和身体本钱去成为一个骨灰级的雪茄客，但偶尔从雪茄中获得乐趣倒是很不错的。

关于雪茄，我不得不提到两位文坛巨匠——泰戈尔和徐志摩。1924年徐志摩从柏林回到上海，并在家中招待了当年诺贝尔文学奖的得主泰戈尔。泰戈尔是个忠实的雪茄客，于是带了一些雪茄送给徐志摩并和他一起享用。闲聊间，泰戈尔问徐志摩："Do you have a name for cigar in Chinese?（你能为它起个中文名字吗？）"徐志摩答道："Cigar之燃灰白如雪，Cigar之烟草卷如茄，就叫雪茄吧。"

不得不叹服，大师就是大师，短短两字，把翻译信、达、雅的原则体现得淋漓尽致，雪茄经过他的诠释而呈现了更高的境界。

如果你认为雪茄客都是烟鬼，那你就大错特错了。吸食雪茄的时候烟雾是不吸入肺里的，只是一种单纯的味觉享受，不会产生像香烟一样的化学性依赖。雪茄味道的复杂程度，不亚于葡萄酒。由于各种烟叶的混合比例不同，雪茄与雪茄的味道也是千差万别。

终于，到了享用雪茄这一步，常规的做法如下：

首先需要用雪茄剪剪开茄头，剪法事实上是比较随意的，我并不推荐V字剪口，因为这样会破坏雪茄味道的平衡性。如果你使用一次性打火机或者一般的火柴会影响雪茄的味道，正确的做法是使用无硫火柴或者雪茄专用的无味打火机。然后是点燃，你需要用手捏住雪茄头部，将之置于火苗上方大约半英寸，慢慢旋转雪茄直至其被均匀地点燃，然后再开始吸食第一口。记得不要大量地吸进肺里，要让烟雾在口中回转并享受它的醇香厚味。不需要刻意地弹掉烟灰，因为一支上好的雪茄烟灰一般都可以保持5~6厘米不会断裂，应尽量让烟灰自然地掉落。在熄灭的时候，也不需要像抽过滤嘴香烟那样捻灭，只需要把雪茄架在烟灰缸上，它就会自己慢慢地熄灭。

"抽得少一点，但抽得久一点，把它变成一种仪式，一种哲学。"这是大卫·杜夫品牌创始人的座右铭。虽然好的雪茄有镇定情绪的功用，但绝不会扼杀聊天的兴致，因为雪茄可以造就出一批心甘情愿也心悦诚服的听众。你可能不能成为一个专业的雪茄客，但请偶尔放慢自己的脚步，去享受生活的每一个细节，邀上三五好友，点燃一支雪茄，可以暂时摆脱生活里无谓的纷扰。

GOLF

高尔夫
拥抱阳光

高尔夫首先是一项优雅的运动，球技在其次，球场礼仪是最重要的问题。

作为在全部竞技体育项目中以选手自身为对手的特征最突出、运动创伤最少、强调传统性、对打球者文化素质要求较高等种种超凡脱俗的特点，Golf高尔夫运动成为一种讲求文化含量的竞技与娱乐，它造就了高尔夫文化和具备高尔夫文化特质的人，并形成了相应的高尔夫礼仪。在中国，Golf高尔夫热得实在太快，以至于不少人几乎没有时间学习基础技术，就被应邀下场了。

高尔夫的魅力在于，当你站在球场中，忽然能感觉到脱离了繁杂和喧闹，置身在仿佛由天而降的天然乐园中，感受着浑然天成的自然风光。你会信步在绿草中，呼吸着流畅的空气，享受着阳光的同时，还有好友相随。我喜爱这种"绿质"运动，畅快舒心，让心更从容，身体更加柔韧。

打高尔夫球对着装有特别的规定，这是历史发展沿袭下来的高尔夫文化的一部分。总体上说，高尔夫球服装就应该带有成熟完善的机能与精致完美的气质，相信没有人愿意在球场上马虎从事。虽然高尔夫服装开始出现紧身、

LALIQUE Lladró Royal Selangor VERTU Singchingten Riva Yacht Bang & Olufsen Smart Christofle Armani/Casa Wine Cigar GOLF Cadillac SPA Caviare TRUFFE Roava Raal CLUB

短裙的苗头，但长袖或短袖的POLO衫、纯棉或纯毛的西裤仍以不变应万变之势保持着贵族运动的精致优雅。只要穿着舒适不影响挥杆和推杆动作，上衣有袖、有领，爱美的你就可以尝试更时尚的装扮。很多高尔夫球者身体力行地将时尚带入球场，连Nike也推出了超短裙系列的女装。但无论如何变化，牛仔裤、多袋裤、网球鞋等装束仍和高尔夫的高贵优雅态度格格不入。

如今的高尔夫舞台上，更多的女人开始逐鹿球场，而她们令人眼花缭乱的着装更是让众多高尔夫爱好者津津乐道。虽然高尔夫球服将在很长时间内仍维持着保守的式样和颜色，T恤衫多以单色或横条纹为主，夹克与毛衣也多为暗色及规矩的英伦方格图案。而当一批新锐女性步入球场后，惹眼？who care？紫色、红色、橘黄色，流露出贴近大自然的动人色调和简约纯美的清新气息，挥杆的女士们让大家大饱眼福。

女子高尔夫服装变更史历历在目：长裙——紧身女中裤——迷你超短裙；样式上，超大型——宽松型——打褶型——松垂型——超短型；长度上，长至脚踝——19英寸到膝盖长——现在的大腿根部。显而易见，裙子或裤子的长度是越来越短了，布料也越来越少了。在时尚流行趋势的推动下，所谓的规定似乎都荡然无存了。现在在国际女子高尔夫球坛活跃的年轻选手的服装，对照着标准一比较，似乎无一例外的"出格"。

由此可见，对于越来越时尚的你这样的高尔夫女球手来说，条条框框的服装标准似乎已经没有任何约束力了，而约定俗成的标准就是：爱怎么穿怎么穿，只要让人看着觉得是在打高尔夫球，又不影响自己的发挥就没问题。

其实高尔夫球是在大自然中的一种户外康体活动，因而高尔夫服装的选择，也应该流露出贴近大自然的动人色调和简约纯美的清新气息，以及和高尔夫运动相匹配的青春活力。一般说来，球服不仅要干净整齐，还应该切合实际与舒适，更要注意的是让你的身体各部位自由移动，这是打球最基本的要求，也是你有可能出好成绩的保障。

今天的高尔夫更像一种休闲方式、一种生活态度、一个社交圈子、一个时尚话题，高尔夫，用20年的时间进入了中国人的生活，而中国人也许要用相同的时间来理解高尔夫运动的精髓所在。学习它的礼仪是个良好的开始，着装是很重要的部分，完美的高尔夫社交着装会让你脱颖而出，获得让人羡慕和欣赏的目光。

生活尊享

CADILLAC 凯迪拉克

女人们的"情人"

在韦伯斯特大词典中，Cadillac凯迪拉克被定义为"同类中最为出色、最具声望事物"的同义词；被一向以追求极致尊贵著称的伦敦皇家汽车俱乐部冠以"世界标准"的美誉。

对凯迪拉克的标志设计，我倒是觉得可以多说一些，因为它实在是把凯迪拉克的精髓完美地表现了出来。凯迪拉克标志是凯迪拉克家族在古代的宗教战争中使用的"冠"和"盾"形的纹章图案。

当1902年Henry M. Leland制造出第一辆凯迪拉克的时候，它跟在今天一样是世界最好的汽车之一，拥有了太多的"第一"。第一个同步啮合传动系统，第一个提出电子启动点火系统，第一个使用独立前悬挂系统，第一个批量生产V8发动机，第一个开发出前轮驱动系统……不但男人们爱它，女人们更是把它当成自己的"情人"，一个迷人的"合法情人"。

公司成立时之所以选用"凯迪拉克"之名是为了向法国的皇家贵族、探险家安东尼·门斯·凯迪拉克（Le Sieur Antoine de la Nothe Cadillac）表示敬意，因为他在1701年建立了底特律城。凯迪拉克公司的成立为世界交通运输工业的发展翻开了崭新的篇章。

凯迪拉克的车型如何令人着迷，我在这里暂且不表。对它的标志设计，我倒是觉得可以多说一些，因为它实在是把凯迪拉克的精髓完美地表现了出来。凯迪拉克标志是凯迪拉克家族在古代的宗教战争中使用的"冠"和"盾"形的纹章图案。"冠"上的七颗珍珠表示凯迪拉克家族具有皇家贵族血统，即凯迪拉克家族是贵族。"盾"象征着凯迪拉克军队是一支金戈铁马、英勇善战、攻无不克、战无不胜的英武之师。"盾"被两根深褐色棒平分为四个等分。第二和第三等分有两根相互交叉的褐色棒，表示十字军战士在遥远战场上富有骑士般的勇猛。第一和第四等分中各有三只黑色的鸟，这两等分又被黑色棒一分为二，并把三只相同的鸟分开，两只在上，一只在下。按照当时的风俗，没有腿和嘴的鸟，如果以三只同时出现（即三位一体），就表示神圣。这些鸟还象征大胆和热情的基督教武士和智慧、聪敏的头脑以及完美的品德。"盾"中的各种颜色也有深刻的含义，它们分别表示婚姻、土地和丰收。如红色表示勇猛和赤胆；银色表示婚姻、纯洁、博爱和美德；黄色表示丰收和富有；蓝色表示创新和探险；黑色表示土地。

商标的变革体现出凯迪拉克对自身在经典与革新中的调和。今天，凯迪拉克仍因它的卓越品质、华贵造型与极高声誉而享誉世界。这位"情人"还在用它那迷人的身形、精致的设计、醉人的发动声……打动着诸多的"女人心"。

生活尊享

SPA

用水宠爱自己

"Solus、Por、Aqua" 这三个拉丁文的首字母组合成了如今最为人们津津乐道的SPA，意为用水达到健康，利用水的温度、特性以及冲击力，使人的皮肤和身心，得到放松，并且注重健康的养生之道。

将自己置身于充满花气的香浴中，血液仿佛在舒畅地流动，脉搏跳动得格外有力，好像在告诉你它的欢腾。花的气息涌入鼻中，不是一种气味而已，那是一种魔力，一种让人的灵魂升腾的魔力。人的灵魂，在这个嘈杂的凡尘中，沾染的不仅仅是世俗，还有那么多无可躲避的虚假。而在繁花的包围下，轻闭双目，将烦恼搁置在心灵之外，这里没有让人压抑的负担，没有让人窒息的拥挤，那股幽香，将人带到遥远的天际，不用冥思苦想，仿佛一切美丽，尽在眼前。再睁开眼时，回到了红尘，但身心仿佛在高高的云际行走了一番，满身、满心的畅快——这就是SPA所带给你的体验。

SPA通过你的各种感官来达到全身心的放松，从听觉着手，形成疗效音乐；利用花茶等，带动味觉的升华，感受一种自然的健康；按摩，是触觉的体现，轻柔的、舒缓的，给予肌肤一种全新的感触；通过自然或者仿自然的景观，可以给你的视觉制造一种美好的体验，将你的精、气、神综合，达到身心和灵魂的真正放松，让我们这样忙碌的都市人，在SPA里，回归自然，也回归天性。

因为职业的关系，我记得第一次体验SPA是很多年前在美国洛杉矶，当时的花费是六百多美金，还要外加小费，觉得挺贵的，不过这并不是这座城市SPA最高的价格。

很多人认为有水就是SPA，这是不正确的。水只是SPA的一种，我更愿意把它分为四类：一、饮食；二、运

LALIQUE Lladro Royal Selangor VERTU Singerlingen Riva Yacht Bang & Olufsen Smart Christofle Armani/Casa Wine Cigar GOLF Cadillac SPA Caviare TRUFFE Rosso Rail CLUB

158 魅力女人 下 时代POP时尚生活品

　　我会认为，SPA是通过自然的方式，经由你的各种感官来达到全身心的放松，从听觉着手，成为疗效音乐；利用花茶等，带动味觉的升华，感受一种自然的健康；按摩，是触觉的体现，轻柔的、舒缓的，给予肌肤一种全新的感触；通过自然或者仿自然的景观，可以给你的视觉制造一种美好的体验，将你的精、气、神综合，达到身心和灵魂的真正放松。

动；三、水疗（水温只要高出人体体温1℃的时候就有排除毒素促进血液循环的作用）；四、芳香疗法。但是也不是所有人都适合做SPA的，所以我建议你可以参照以下的注意事项之后再决定是否接受SPA带给你的体验：

- 严重心脏病：不可做水疗疗程。

- 高血压：水温保持低温。

- 低血压：客人起身前必须特别注意。

- 癫痫：不可做水疗疗程。

- 近期伤疤：有疤痕的区域；避免做水疗。

- 月经期：特别小心胃部区域。

- 怀孕期：不可做水疗疗程。

- 如有不确定的身体情况或是第一次做水疗，应将疗程时间缩短10~15分钟。

- 水疗前一个小时及水疗后一个小时，不建议使用蒸汽浴、桑拿或按摩池。

- 做完水疗后必须休息20~30分钟，这点非常重要，最好前往休息区放松。

生活尊享

CAVIARE

鱼子酱
海洋黑珍珠

> 我觉得从拉伯雷、莎士比亚，到每一位烹饪专家，都是靠鱼子酱这味浮华极品帮忙，才让人们免于陷入人生无处不是狮子头食谱的苦海。

LALIQUE Lladro Royal Selangor VERTU Singerlingen Riva Yacht Bang & Olufsen Smart Christofle Armani/Casa Wine Cigar GOLF Cadillac SPA Caviare TRUFFE Roron Rail CLUB

　　我第一次吃正宗的鱼子酱是十几年前在法国时，之前即便在中国的五星级酒店品尝过，味道也不大相同，也许是那时中国人还不大适应那东西，新鲜度不够，好厨师也还没来到中国。

　　鱼子酱饱受世人无上好评，已超过2000年了。但不是什么鱼子都可以用来制作鱼子酱的，严格来说，只有鲟鱼卵才行，而其中以产于接壤伊朗和俄罗斯的里海的鱼子酱质素最佳。也不是所有鲟鱼的卵都会有幸变身为鱼子酱，世界范围内共有超过20种的不同鲟鱼，其中只有Beluga、Oscietra及Sevruga三个品种的鱼卵被制成鱼子酱。其中最高级的Beluga，一年产量不到一百尾，而且要超过六十岁的Beluga才可制作鱼子酱。中级的是Oscietra，12岁左右便可取卵制成，最低级的是Sevruga，到了7岁便可取卵。基于此，鱼子酱价格不菲也是理所当然的事。

　　说实话，鱼卵其实是没什么味道的东西，即使是鲟鱼卵也一样。由鱼卵化身为美味的鱼子酱，全靠加工的过程，这加工需要在15分钟之内，完成十多道手续；再久一点，鱼卵就会变得没那么新鲜，做不成鱼子酱了。首先是把鲟鱼敲昏，但不能弄死鲟鱼，否则鱼卵变干的速度会更快；然后取出鱼卵，筛检、清洗、滤干，以供分级师判断并决定鱼卵的滋味和价格。他用嗅，用尝，用看，也用指尖去摸。依鱼卵的大小、色泽、坚实程度、聚散密度、气味，来评定等级，最后再作全体过程当中最重要的一个决定：得放多少盐，把鱼卵腌成鱼子酱，但盐味又不会把滋味和口感二者微妙的组合给盖掉。

　　品质最好的鱼卵，用的盐要最少，不超过鱼卵分量的5％；这种鱼子酱可以叫做"马洛索"（低盐）鱼子酱。加盐之后，鱼卵便在滤网上筛晃，直到干了便装罐。接下来，这些鱼子酱便搭乘冷冻柜踏上旅程，由里海前往全球少数几家备受荣宠的商号。

　　至于配酒，依传统最好是俄国或波兰的伏特加，整瓶酒还得冰在一大块冰里面，把伏特加冰得会刺痛喉咙。但是，可别冒险用加味伏特加做实验：加味伏特加的味道会和鱼子酱打架。我则比较喜欢甜味非常低的香槟。

　　很奇怪的是，鱼子酱是种很适合一个人独享的美食。当你一个人面对这珍馐大快朵颐的时候，这一餐绝对能叫

品质最好的鱼卵，用的盐要最少，不超过鱼卵分量的5%；这种鱼子酱可以叫做"马洛索"（低盐）鱼子酱。加盐之后，鱼卵便在滤网上筛晃，直到干了便装罐。

你没齿难忘。

　　吃鱼子酱最好的方法，便是用最简单的方法：直接入口。若要倒在盘子里面吃，盘子要先冰镇一下。若要直接就着瓶罐吃，那就把瓶罐放在碎冰里面。薄片吐司涂无盐牛油，俄式薄煎饼，或一两滴柠檬汁，可随意搭配。为了不暴殄天物，我找了以下两种做法，也可以去掉点腥气。

鱼子酱沙拉

材料　蛋、鱼子酱、洋葱、莴苣和法式蛋黄酱。

做法　蛋用水煮熟切半，完整取出蛋黄。洋葱切末，加入蛋黄和法式蛋黄酱搅拌均匀，将混合物填入蛋白中。莴苣切丝拌碟做底，蛋摆在上面，将鱼子酱用木质的勺点缀于蛋黄上，为了美观，还可以选择生菜或其他蔬菜作为装饰。

鱼子酱豆腐

材料　豆腐200克、猪瘦肉20克、蒜苗10克、生姜1小块、淀粉适量。

调料　食用油300克（实耗油50克）香油1小匙、蚝油3小匙、高汤2大匙、鱼子酱1大匙、精盐1小匙、味精1小匙。

做法　① 豆腐切成厚片，猪瘦肉、生姜切片，蒜苗切段；

　　　　② 锅内下油，烧热，下入豆腐片，炸至金黄时捞起待用；

　　　　③ 锅内留底油，放入生姜片、肉片煸炒，下入豆腐，注入高汤，调入鱼子酱、精盐、味精、蚝油煮至入味，下蒜苗煮片刻，用水淀粉勾芡，淋上香油，出锅入盘即成。

　　吃鱼子酱时还是放下你喜爱的银汤匙吧，因为它会使鱼子酱加上一层淡淡的金属味儿。除此之外，任你自己选择。事实上我最爱鱼子酱的是，你在吃鱼子酱时永远不愁没有合适的借口。你若一时想不出来，就为健康而吃，鱼子酱非常有益身心，这是有科学根据的，除了钠的含量稍微高些，堪称完美。

生活尊享

TRUFFE 松露

富豪级的真菌

唯新鲜松露耳，只要小小一块，连胡桃大小都不必，就可以叫整盘菜色的滋味幡然一变。它那股香气曾被形容为"人间所无，有点难以置信，殆凡气味绝佳者概如是也"。

你能想象一公斤的真菌可以卖到3.5万美金吗？当然如果它是块意大利阿尔巴（Alba）的白松露就可以使一切疑问打破。因为即使是产自法国佩利哥（Perigord）的黑松露，至少也要500美元。松露如果抵达波巨斯（Bocvuse）或三胖子（Troisgros）的厨房时，身价可能就会多一倍。举个例子说，如果黑松露的价钱与同重量的黄金相仿的话，那么白松露的价钱就只能用钻石来衡量。由于松露对于生长环境非常挑剔，只要阳光、水量或土壤的酸碱值稍有变化就无法生长，不能被人工养殖，我想这也是为何松露会有如此天价的缘故之一。

而作为食材，其可以拿出来说的自然是它无与伦比的味道。其实松露是一种真菌，一种生长在地面下的子囊菌，与栎树、青刚栎树与松树的根形成绝对共生的关系，因此，称为外生菌根菌。松露与生俱来的独特香味更使它成为在法国菜、意大利菜中极为珍贵的调味圣品。

而我们用什么方法可以得到这种珍馐呢？事实上，自古以来法国就有厨师利用野猪来寻找松露以满足贵胄们需求的传统。时至今日，意大利与法国的松露猎人仍使用经过训练的猪和猎狗来寻找松露。幸运的是，珍贵松露只要与它自带的泥土在一起便可长时间储存，也只有这些泥土能使松露留住它迷人的香气。储藏松露应先用纸巾包裹，然后用锡纸再裹一层，再放入冰箱低温冷藏。但要注意储存的时间不要过长，不然味道会消失得一干二净。请记住，不要像很多菜谱说的那样把松露放在大米里储存。大米会把松露特有的味道全部吸走，最后只留下一颗无比昂贵的"土豆"给你。

传统的食用松露方法是用特殊的切片器将松露切为极薄的薄片，然后生食或与黄油、意大利干奶酪一起撒在宽面条、炒蛋或者意大利空心粉上。白松露也可以加热后食用，如果你对自己的厨艺有信心的话。我在这里推荐一种做法：土豆切片后煮熟，白松露切片后与黄油、意大利干奶酪一起烘烤，然后加入土豆。而这道菜的成本在200美元左右。

食用黑松露时最好配一瓶庞马洛红酒，而白松露的话，一瓶陈年的雷斯令就足够了。

LALIQUE　Lladro　Royal Selangor　VERTU　Sügelringen　Riva Yacht　Bang & Olufsen　Smart　Christofle　Armani/Casa　Wine　Cigar　GOLF　Cadillac　SPA　Caviar　TRUFFE　Royos Raul　CLUB

时TO尚手的潮品

其实松露是一种真菌，一种生长在地面下的子囊菌，与栎树、青刚栎树与松树的根形成绝对共生的形式，因此，称为外生菌根菌。松露与生俱来的独特香味更使它成为在法国菜、意大利菜中极为珍贵的调味圣品。

生活尊享

ROVOS RAIL

非洲之傲
列车之旅

汽笛声再次响起，浓浓的烟雾从古老的蒸汽机车头里喷向空中，一股股水蒸气在站台上弥漫开来。小提琴依然流淌着悠扬的旋律，一个个名字被Rohan婉转地念出，那一部老电影再次上映……

那是一次神奇的旅行，整个旅行与我相伴的是一列百年以上历史的火车。在高速公路上飞驰了40分钟后，南非的行政首都，被称为"紫薇之城"的比勒陀利亚已经展现在我的眼前，车子左绕右绕地在一栋优雅的维多利亚风格的木质大房子前停下来，司机讲这就是非洲之傲Rovos Rail列车的总部，我欣喜地打量着这个特别的私人火车站，"这就是传说中的世界十大豪华列车之———'非洲之傲'列车的家吗？"

走进了非洲之傲的候车室，舒适的沙发和摆满鲜花的欧式茶几看起来非常温馨，房间四周的墙壁上挂着各种与火车有关的油画和装饰品，头顶的古铜吊扇缓慢地转动着，有人拉着小提琴，悠扬的琴声让人陶醉。一辆墨绿色的列车正静静地停靠在站台上，身着洋溢着复古风格制服的工作人员正在为即将出发的列车忙碌着。

因为Rohan要全力打造他所梦想的最舒适的火车旅游，所以每节车厢都只安排两间十多平方米的套房，而全车最多也只能容纳42名乘客。直到今天，每当有列车要出发时，Rohan总会风雨无阻地乘飞机从开普敦的住地飞到比勒陀利亚，目的只是为了欢迎每一位乘客并致欢迎词。

随着一声汽笛声在耳畔响起，是火车准备启动了。这时，Rohan先生已经来到了站台上，开始了他的欢迎致词。颇具绅士风度的Rohan用一口标准的伦敦音向每位客人问候，并宣读注意事项和行程安排，幽默而亲切的语言不时把这些来自世界各地的人们逗得欢笑连连。最后，Rohan开始宣读乘客名单，被念到名字的客人将踏着红地毯，随列车员登上非洲之傲列车。

就这样，我和大家一起踏上了非洲之傲列车，火车缓缓启动了。所有工作人员都随Rohan一起挥手向乘客告别，乘客也向Rohan先生道别。

服务员小姐微笑着拉开过道中一扇木门说道："女士请进，这是您的房间。"我发现这房间很特别，这间足有十几平方米的套房全是木质结构：木质家具、木质装饰。地板加热，还有独立空调系统，5扇大窗可以随意开启，使房间内光线充足，一张King Size床位于房间一侧，带有美丽花卉图案的床盖整齐地铺在床上。一张摆放着鲜花的小桌和两个沙发位于房间中间，桌子下面还有一个装满食品和饮料的小冰箱。打开墙角的大号衣橱，看到里边装有电子保险箱、浴袍和常用的旅行用品。衣橱里还有一副塑料风镜，据辛迪讲，这是特意给乘客准备的，目的是让乘

TIPS：

作为世界奢华旅游产品代表的非洲之傲Rovos Rail列车创立于1986年，以其21个与众不同之处曾被美国国家地理杂志评为世界十大豪华列车之一。每次古老高贵的蒸汽机车从位于南非行政首都比勒陀利亚的维多利亚式私家火车站发车时，来自世界各地的尊贵乘客将随着这流动的五星级酒店穿越非洲的腹地，体验非洲最壮丽的美景，回到梦幻般的火车旅行的黄金年代。在2008年1月，经过多年策划，非洲之傲推出传奇般的开普敦至开罗线路，这条纵跨整个非洲大陆的旅游行程为期27至34天，有史以来第一次让旅行者以复古贵族的方式，由南至北遍览这片神奇的大陆。

非洲之傲Rovos Rail列车每节车厢都只安排两间十多平方米的套房，而全车最多也只能容纳42名乘客。直到今天，每当有列车要出发时，Rohan都会风雨无阻地乘飞机从开普敦的住地飞到比勒陀利亚，目的只是为了亲自欢迎每一位乘客并致欢迎词。

客可以戴着它，在列车行驶期间随时把头探出窗外，自由欣赏美景而不必担心风的伤害。拉开另一扇门，一间整洁华丽的卫生间出现在眼前，提供24小时热水的超大玻璃淋浴房一尘不染，带有维多利亚式爪足的大浴缸和全套卫浴设施奢侈地摆放在远端。浴缸的对面就是大窗，想必在这里每一次沐浴都会有非洲的美景相伴。My God！可以说是一个流动的五星级酒店。

感觉真好，这是我第一次看到这么多星星、这么清澈的星空，闭上眼睛，不知自己是在梦里还是在非洲。

CLUB
俱乐部
你的另类"身份证"

投资百万、千万甚至数亿营建会馆，请明星剪彩，大规模的巡回表演，成功人士置身其间，加上形象代言人，花费不菲的会员证、套票……这是现代中国富人俱乐部的经营模式。

17世纪的欧洲大陆和英国还笼罩在一片贵族文化氛围中，当时的绅士俱乐部就起源于英国上层社会的一种民间社交场所，它们往往都有数百年的历史。这种俱乐部的内部陈设十分考究，有古香古色的房间和美轮美奂的装饰。一般俱乐部内都设有书房、图书馆、茶室、餐厅和娱乐室。俱乐部除了定期组织社交活动外，还向会员提供餐饮、银行保险、联系和接洽等各项服务。以前，标准的英国绅士是不会随便下馆子、去银行的，他们总是在自己的俱乐部里完成这些事情。就连写信、写短笺他们也都尽量用所在俱乐部的纸张，因为这样才得体。可以说在英国社会，一个人拥有多少知名俱乐部的会员资格是此人社会地位高低的体现。

我要说，"俱乐部"这个词进入中国，始于上个世纪初的新文化运动。但直到最近十年，它才随着中国城市生活的成长，进入许多中国人的社交生活视野。在俱乐部扎堆的人们，在兴趣爱好之外，往往也在寻找着一种工作关系之外的有组织的生活，用以抵抗"陌生人社会"的无聊寂寞。

毫无疑问，品牌创造价值，作为一个名利场，或者更具体点说，作为个人名牌价值最大化的一个社会、商业平台，俱乐部本身的品牌链蕴涵着强大的经济力量。一旦成为某一俱乐部的成员，你有可能会树立更强的信心，感到集体力量的强大。

有没有想过俱乐部提供服务令你梦想成真登上粉红色直升机遨游天际，又或者是雪中送炭把身无分文的你从私人岛屿上拯救出来？由电影导演及制片人亚伦·辛普森及英国贵族出身的本·艾里特组成的国际精英会

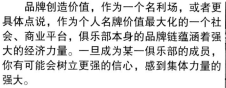

品牌创造价值，作为一个名利场，或者更具体点说，作为个人名牌价值最大化的一个社会、商业平台，俱乐部本身的品牌链蕴涵着强大的经济力量。一旦成为某一俱乐部的成员，你有可能会树立更强的信心，感到集体力量的强大。

Quintessentially，就旨在把似乎天马行空的意念变为事实。

精英会老板辛普森平静地说："可以说，基本上没有我们办不到的事情，只要是合法的。"精英会有一个承诺是"任何事、任何时间"，这样自然就会有会员提出一些根本不可能实现的要求，因此辛普森对这个承诺又加上一个前缀"在合理的范围内"。辛普森说："经常有会员提出要求问会所能不能帮忙安排他们和女王吃顿饭，我不得不说抱歉，我们做不到，但是如果他可以接受职位低一些的王室成员，那我们能够安排。"

事实上，精英会会员们的要求具体起来可说是五花八门。像在去年，一位沙特公主计划到马尔代夫度假，而马尔代夫的酒店早已全部预订一空。这个时候就该精英会出面了，俱乐部选中某间豪华酒店，为已经预订房间的372名享受工作度假的旅游者出钱，让他们到别的地方旅游，然后再请进沙特公主和她的117名随从入住酒店。

而另一位身为制片人的会员长居日本后来决定迁回美国，难题却出在制片人太太的心肝宝贝上。小狗不可能乘坐飞机客舱，太太又不想与小狗分离，希望可以同时返回美国。结果，制片人丈夫要求精英会提供帮忙。精英会专门为制片人请来兽医检疫，特别办理申请手续让爱犬以紧急名义通关。最重要的是，包了一架私人飞机由日本前往美国，这样太太就可相伴小狗一同抵达。结账时一共花去17万美元，不过制片人丈夫依然认为物有所值。原因很简单，他担心一旦太太生气起来要与他离婚，一半家产就会被分掉了。

全球扫货攻略之
十大血拼圣地

全球扫货攻略之十人圣地

购物始终是人们既渴望又头痛的事，既想买到上品，又不想花费太多的钱，还要找到可以一次满足需求的地方，这还真不容易。就在奢侈品纷纷大张旗鼓进入中国的时候，出国购买还是你的首选。如不想在本地最时尚的地方花很多钱买回的物品却与他人没两样的话，就去国外Shopping吧。

美国——纽约

近年来，纽约逐渐成为了全世界，特别是欧洲人的购物圣地。美国人的百货商店都是敞开海量供应，不会像欧洲人那样矜持。比如，莱克星顿大道(Lexington)上的Bloomingdale百货，那种在欧洲令人畏惧的高级感荡然无存。这里有最Hot的丝袜、最好的内衣……

令人兴奋的是，美国本土设计师品牌不仅比在别的地方来得便宜，而且有些系列还是不在国外发售的。比如Ralph Lauren旗下的Lauren，在风格上与它的主线品牌完全一致，但却更为价廉。同样的，假如Calvin Klein对你的胃口，我建议你最好也在美国本土购买。

如果你时间有限，那么我会建议你去Soho区的Bagutta转转，那里的买手眼光老到，可以使你在穿着打扮上焕然一新。而在同一区域，你还可以前往Nolita一游，逛逛Mulberry街、Elizabeth街和Mott街。在那里你可以找到许多不出名的设计师，但他们对潮流的离奇想法倒是颇为吸引人，也许其中就有下一个Marc Jacobs。

购物理由 美元疲软导致商品相对便宜，大量设计师设计的品牌服饰囤积。

购物定位 前卫、戏剧化、嬉皮。

精彩看点 LV在纽约第五街的全球最大的旗舰店；德国品牌万宝龙在这里也有一家370平方米的旗舰店。

淘货须知 纽约名牌店的更新很快、品种多，因此几乎所有品牌最新的货品都能在这里找到。这里的店铺很少打折，但一旦打折便是惊天动地，即使排队也很值得。

法国——巴黎

巴黎作为许多法国招牌时装的发源地，自然不会让你失望。巴黎最出名的时尚购物场所是La Vallée Village，距法国香槟出产地Champagne区只有约35分钟的路程。

在La Vallée你能用低至四折的超低价格淘到换季的名牌时尚用品，诱惑自然不言而喻。这里吸引了超过九十个法国及国际设计师品牌进驻，上架货品包括时装、服饰配件及家居用品等，全年均以低至四折低价发售。La Vallée Village毗邻闻名遐迩的文艺复兴风格的宫殿——枫丹白露(Fontainebleau)，购物之余，你还可以在枫丹白露25公顷的老橡树林和松树林中信步漫游，感觉自然妙不可言。你也可以去附近的香槟—阿登大区(Champagne-Ardennes)的山地游览，参观酩悦香槟的酒窖，饮品甘润美味的香槟。

购物理由 设计师天马行空般的创意当然是与浪漫之都的品位成正比的；沿街琳琅满目的漂亮橱窗，即使只做WINDOWSHOPPING，也会让你心情大好。

购物定位 浪漫、华丽、艺术气息浓烈。

精彩看点 巴黎香榭丽舍大道上的LV专卖店是品牌历史的缩影，门前镌刻的句子道出了LV150年的历史。为了庆祝LV经典的行李箱面世150年的纪念日，LV特意在门前竖了一个一层楼高的巨大行李箱，展现品牌时尚又古典的魅力。据说，在这里购物还有个与众不同的特色，那就是顾客要排号等候售货员的专人服务，在商品目录上看中后才有机会见到"真品"。

淘货须知 法国每年有两次固定的全国性商品打折，一次在夏季，一次在冬季，具体打折日期由政府统一规划，每年的日子都个固定。夏季打折大致在六七月份，而冬季打折一般在元旦过后一周左右才开始，你可以选择在这段时间内到法国"血拼"一番。

澳大利亚——悉尼

来到悉尼的人，要购物一般首选皮特街商场。这里也有不少世界顶级名牌，不过有趣的是，由于南半球的季节与北半球相反，这里的名店作为展示的用途多于售卖。虽然皮特街上的商

场与美国、法国、英国等地的时尚新货总是同步上市，但在这里生活的人却要等到几个月后才可能穿上新衣。比如说，正在北半球其他国家流行的秋冬装，在炎热的南半球却需要等到半年以后才能亲身尝试。即使如此，澳大利亚皮特街商场还是以其名店聚集吸引了不少附近国家和地区的人们前来购物。

购物理由　皮特街商场在全球的知名度并不是太高，不过却是南半球少有的几条名店汇聚的街道之一。

购物定位　名店聚集，闹中取静。

精彩看点　皮特大街的建筑非常有特色，源自维多利亚时代的拱廊在这里随处可见。这里的标志性建筑物是AMP塔，也是澳大利亚的最高塔。

淘货须知　由于皮特街位于南半球的地理位置，决定了它所出售的货品的特殊性。不过，如果想尝试反季节购物的乐趣，这里是不错的地点。

英国——伦敦

在伦敦你可以慢下来，漫步于伦敦街头，细细品味千百年来时光飞逝留下的痕迹和现代时尚潮流交融的气息。而伦敦的购物街更是吸引人的，因为那里可以买到你所想得到的一切，只要你的"银子"足够。

而牛津街则是到英国伦敦首选的购物街道，在这条不到两公里的街道上，竟云集了超过300家的大型商场。其中，老牌百货店SEIFRIDGES集合了众多的顶级名牌，这里的英式周到服务能让你体验超五星级的待遇。牛津街上名牌店的最大特色并不在于品牌的种类有多少，而在于款式非常齐全，某些意大利顶级品牌的货品在伦敦竟然比来源地的店铺更多。

伦敦的Bicester Village购物村也是很不错的选择，距离市中心只有一小时车程，是被誉为紧随Bond Street之后最时尚的购物圣地。在这里你除了能获得无可比拟的购物体验，还可以从英国最具代表意义的千年博物古城牛津郡(Oxfordshire)中找到不一样的乐趣。

购物理由　英国人刻板的思维并不妨碍他们对时尚的研究。

购物定位　典雅、高贵、历史厚重感强。

精彩看点　古典英伦味极浓的BURBERRY这个以格子著称的品牌，在它的发源地拥有着最多的款式和最齐全的货品。

淘货须知　在伦敦购物并不见得便宜，尤其是在牛津街这个铺租昂贵的地段。在牛津街，除了在老牌百货店里看名牌、享受高级服务之外，店铺的建筑特色也是一道令人赏心悦目的风景。

意大利——米兰

比起巴黎、纽约及伦敦，米兰拥有一种截然不同的氛围。它更沉稳，更优雅。假如你想要寻觅雅致的单品和配饰，那些衣橱里永不过时的东西，那么米兰就是最好的选择。

Fidenza Village是米兰最负盛名的购物地，它位于意大利米兰，毗邻富有传奇色彩的斯卡拉歌剧院，其外围更设有热力水疗美容中心，提供最全面的肌肤呵护，好让你于购物后全面舒展身心。

购物理由 时装之都的每一个角落都可能成为设计师的灵感来源。

购物定位 优雅、性感、新潮。

精彩看点 Fidenza Village采用与当地的艺术和文化遗产相协调的设计，它有90多家精品店，出售各式各样的奢侈品，其价格只是平常售价的一小部分。

淘货须知 购物之后你还可以徜徉于Fidenza Village门前久负盛名的Dei Veni eDei Sapori大道，在这里你可以尽兴品尝到来自意大利的各种风味的美食及当地特产。

德国——法兰克福

法兰克福向来以金融中心自居，近年来引入了一系列口碑载道的餐厅，加上历史悠久的罗曼蒂克大道(Romantische Strasse)上连绵不断的巴伐利亚式城堡，似乎没有借口不来这个坐拥醉人风景的都市购物。

蔡尔街(Zeil)上的考霍夫(Kaufhof)百货商店以及旁边装潢得时髦现代的大楼——蔡尔走廊(Zeilgalerie)会是你在德国购物的第一站。蔡尔走廊的门面不宽，但你最好进去瞧一瞧它内部的独特装潢。那里有上去的自动扶梯却没有下来的，其目的是想让顾客一边看商品一边从缓和的斜面道上走下来。

全球扫货攻略之十大血拼圣地

在法兰克福市郊，也有一处购物村——Wertheim Village，距市区仅一小时的路程，去如诗如画的维尔茨堡也只需30分钟的路程。该购物村拥有65家别致的精品店，保留了来自北欧最好的过季奢侈品，永远是最多四折的优惠，带给你无与伦比的购物体验。此外，在法兰克福，持久耐用的德国皮具系列深受各界推崇，硬币包、钱包、手袋、旅行袋等各种款式的皮具品质都有保证。

购物理由　理性的经营头脑必然带动消费发展，消费发展意味着购物环境的优越。

购物定位　奢华、矜持、沉稳。

精彩看点　苹果酒专列(Ebbelwei-Express)：这是一种观光列车，游客完全可以边啜着美酒边绕着萨克森豪森、雷玛广场、动物园等名胜古迹游览一周。

淘货须知　全年四折优惠的政策及每年冬夏两次的清仓大行动。主要购物时间是圣诞节结束后至2月以及6月末至7月。

西班牙——巴塞罗那

城市的购物区分别位于新旧两个市区，在新市区的是有"巴塞罗那的香格里拉大道"之称的格拉西亚大道(Passeig de Gracia)以及与之平行的兰布拉大道(Rambla de Catalunya)，这一带有许多世界名牌的精品店和时装店。旧市区的商店以小饰品专卖店居多，如加泰罗尼亚广场(Ploca de Catalunya)附近以年轻人为对象的时装店。市内地势最高的狄亚格纳区(Diagonal)还有一些当地著名的服装设计师开的时装精品店。

La Roca Village是巴塞罗那的奢侈品集散地，对西班牙经典及国际著名品牌情有独钟的潮流达人，一定会在这个购物村内逛到神魂颠倒，乐而忘返。

购物理由　具有拉丁风情的购物圣地。

购物定位　张扬、炫耀、明快。

精彩看点　LOEWE作为世界首屈一指的高级皮具品牌，所有产品均为手工制作。LOEWE巴塞罗那专卖店位于一座美丽的建筑中，柱头和阳台栏杆上细腻的雕花赋予建筑一种古典气质。

淘货须知　居住地不在欧盟的游客在西班牙购物，可以要求退税。西班牙法律规定，要获得免税卡，游客同一天的购物额不能低于90.15欧元。

步骤：

1. 在购物商店申请退税发票并出示居住地证明(护照)；
2. 出关时出示所购之物，由海关人员在退税发票上盖章(自购物日后3个月内都可以盖章)；
3. 向退税公司要求退还税款，所有退税公司在西班牙主要机场都有退税服务台，以便领到退还的税金现款或将税金直接打到信用卡上。

日本——东京

新年期间在日本东京购物，除了可以享受低价折扣之外，日本特色的"福袋"也常让人心跳加速。东京有特色的时装店不少。表参道、原宿、涉谷、代官山是街头时装店的聚集地。表参道云集了欧洲、日本等顶级设计师的作品，橱窗内的衣饰摆放富有创意，适合有品位、有经济实力的人士；原宿的店适合10至20岁的学生，服饰以轻便为主；代官山属于高档社区，商铺分布比较零散，服饰的艺术氛围浓郁；而在有名的涉谷一带，没有明显的街道名称，迷宫似的布局就是要让你自己寻找与冒险。值得你探索的地方，包括稀奇的Tokyu Hands手工艺商店、连锁商店Beams以及购物中心Parco 1、2、3馆，这里有各式小摊和专柜，提供独立设计师的品牌，还有寿司餐馆和咖啡餐厅。

购物理由 东京的人文气质在世界范围内潮流感十足，时尚消费的"潮"自然也不落下风。

购物定位 潮流感、创意感、时代感。

精彩看点 对玩具感兴趣的朋友可到东京银座的博品馆，在那里能够找到从婴儿到成人都感兴趣的玩具，不少玩具是在国内找不到的。这里的好东西，不论是摆在家里还是送人都是一个很好的选择。

淘货须知 对于日本女性来说，保养和呼吸一样是最自然不过的事情，因此，药妆店就像便利店一样密集，三步之内必有一家。松元清(Matsumoto Kiyoshil)是人气最旺的药妆店，在那里可以找到日本本地很有人气的护肤品、化妆品。

中国——香港

香港被称为"购物天堂"，每年一般从12月初到下一年的农历新年都是香港减价的黄金期，这段时间会疯狂打折，期间许多知名品牌的服装和其他商品的价格都会大打折扣，可以说是最适

合血拼的地方。铜锣湾是你不能错过的著名购物区，大型的购物中心如时代广场、崇光百货都坐落在此，西班牙、法国、日本等各国著名设计师纷纷把专卖店开设于此，真正成了时装的联合国。

尖沙咀海港城是真正的购物天堂，有700多家商店。海洋中心内的LCX是一家集时装、生活、美容为一体的大型百货店。这里可以买到香港第一次从美国引入的大众名牌GAP、BANANA REPUBLIC等。南区：喜欢寻宝的朋友一定要到南区走走，赤柱大街除了是中外游客购买纪念品的地方，也是一些出售名牌设计师的货板和次货的小型直销店。

购物理由　免税商品的"超市"，总价比中国内地便宜。

购物定位　方便、划算、品质保证。

精彩看点　Joyce特卖场，粗略估计有200多个牌子，可以说是香港目前名牌特卖最多的卖店。比如Giorgio Aamani、Issey Miyake、Marni、Dries Van Noten，每季均推出大量新款，供应源源不绝。

淘货须知　金银珠宝是最值得花钱的项目，香港钻石做工好，漂亮，颜色和净度一般要比内地好。一些老字号的珠宝店比如周生生、周大福、TSL和Just Gold等都值得一看。手表也是在香港选购的重点，比如Cartier Trinity，内地要13300元，香港只要7100港币。

中国——上海

上海越来越有国际大都市的风范，时尚潮流也越来越贴近世界前沿。从国际名牌到地摊小货，过年到上海购物肯定满载而归。

如果你想买精品，打开地图你就会知道最值得一逛的地方都被两条地铁线贯穿起来了。地铁一号线：从徐家汇到淮海中路是购物的首选线路。地铁二号线：主线是南京西路，要点是梅龙镇、中信泰富和恒隆广场。在一、二号线相交的人民广场地下的香港名店街和迪美早已名声在外；如果你想买点物美价廉的小商品，就去城隍庙福佑路，那里会使你有意想不到的收获；如果你想头点漂亮时髦的衣服，却又有些囊中羞涩，可以去襄阳路服饰市场考验一下自己的眼光，有许多正品的名牌价格比一般商场便宜许多。

购物理由　世界大牌与特色小店林立，无语言障碍。

购物定位　亲民、特色小店寻宝。

精彩看点　陕西路布满外贸饰品商店，每次去总有让人惊喜的发现，中午，可以路过著名的丰裕生煎店，便宜味美。

淘货须知　如果想逛得舒服一点，可以选择南京路、淮海路，这两条路上名牌店比较多，还有古老的钟表店、照相馆可以欣赏，逛累了，可以随便找一家咖啡屋或上海小吃店品味一下好吃的点心。在上海购物，砍价时要掌握分寸，襄阳路上多砍一些，陕西路上砍价的余地便小了许多。

图书在版编目(CIP)数据

魅力女人的130件时尚圣品. 下 / 张晓梅著. —桂林：漓江出版社，2009.10

ISBN 978-7-5407-4702-2

Ⅰ.魅… Ⅱ.张… Ⅲ.女性 – 服饰美学 Ⅳ.TS976.4

中国版本图书馆 CIP 数据核字（2009）第170984号

魅力女人的130件时尚圣品　下

作　　者：张晓梅

责任编辑：符红霞　白　兰

责任校对：徐　明　章勤璐

责任监印：唐慧群

出 版 人：杜　森

出版发行：漓江出版社

社　　址：广西桂林市安新南区356号

邮　　编：541002

发行电话：0773-3896171　　010-85893190

传　　真：0773-3896172　　010-85800274

邮购热线：0773-3896171

电子信箱：ljcbs@163.com

http://www.Lijiang-pub.com

印　　制：北京市凯鑫彩色印刷有限公司

开　　本：965×1270　　1/24

印　　张：7.5

字　　数：120千字

版　　次：2009年10月第1版

印　　次：2009年10月第1次印刷

书　　号：ISBN 978-7-5407-4702-2

定　　价：32.00元

漓江版图书：版权所有·侵权必究

漓江版图书：如有印装质量问题，可随时与工厂调换

用美激励自己　用美改变生活

丽江·"阅美"系列图书
http:// lijiangpress.blog.sohu.com

《精油全书——当我们爱上芳香》
金韵蓉 / 著
2009年4月 出版　　定价：40.00元

由国际芳香疗法治疗师学会大中华区首席代表金韵蓉女士撰写的，关于芳香疗法的中国最权威读本。

经由作者的引领，我们在本书所描绘的芳香疗法的神奇世界里：追溯芳香疗法的前世今生；了解芳香疗法在治疗疾病、改善情绪、释放压力、恢复活力等方面的神奇功效；获得数十种草本及精油的使用方法。

从而深刻地感受到芳香以及精油的迷人魅力。、

《丝吻天下》
沈　宏 / 著
2009年5月 出版　　定价：40.00元

该书全面而综合地包罗了有关丝巾的历史，名人轶事，丝巾结以及各种场合的丝巾选择等内容，以作者丰富的职业经历和深厚的专业修养为基础，以现代的着装礼仪知识和对丝巾的独特理解为元素，为正处于飞速发展的中国职业女性提供了一份由丝巾组成的时尚大礼。简洁、生动、富有个性的文字，近200幅精美的图片，使该书具有良好的可读性，观赏性和实用性。

《三十几岁轻松做妈妈》
胖星儿 / 著
2009年5月 出版　　定价：38.00元

一本能为都市熟龄女性带来好运的孕产枕边书

新浪著名博主胖星儿，在权威孕产专家的指导下记录自己十月孕产全过程的最新力作！本书集全新的美式孕产理念、熟龄产妇问题分析、权威专家指导于一身。除了营养、健康、禁忌等常规孕产问题，更兼顾到30+孕妇在生活方方面面之所需。

健康方便的时尚孕妇菜谱，使内容更加超值！

《简瑜伽》
范京广 / 著
2009年8月 出版　　定价：30.00元

作者通过12位职业女性的真实故事，向读者详细介绍了功效卓著的39个经典瑜伽体式，并告诉身为职业女性的你：身体出现了何种状况，需要何种瑜伽练习，需要多长时间能够恢复到何种程度……

本书还告诉你，练习瑜伽真的不是什么难事，它时刻贯穿于日常生活，是实用、有效的治疗法。同时，练习瑜伽让我们保持身心宁静，追求健康和安宁，从而唤起内在的能量。

《魅力女人的130件时尚单品》上下
张晓梅 / 著
2009年10月 出版　　上册定价：32.00元
　　　　　　　　　　　下册定价：32.00元

是具有收藏价值的时尚读本，也是风格女人必备的装扮指南。

A字裙、平底芭蕾鞋、豹纹、铅笔裤、雷朋眼镜……那些经典的款式，经过设计大师的手笔以及众多女星拥趸的热爱，流传至今，已然成为风格的象征和全球女性的经典搭配范本，而每一个经典款式的诞生，无不具有值得珍藏的故事。

时尚畅销书作家张晓梅，借由本书对时尚王国中的经典品类和款型做了系统的讲述与品评，推开了时尚王国的神秘大门。

用美激励自己　用美改变生活

漓江·"阅美"系列图书
http:// lijiangpress.blog.sohu.com

《让我们做最好的母亲》

杨文麓雪/著

2009年4月 出版　　定价：25.00元

　　母亲的品质影响着孩子的人格，母亲的人生影响着孩子的未来。

　　好妈妈是孩子的老师，也把孩子当导师；好妈妈帮助孩子成长，也跟孩子一起成长。平等、包容、理解、信任。执着但不固执，强大但不强势，独立但不独裁，能干但不居功自傲。爱，但不溺爱……

　　"中国十大杰出母亲"杨文的人生经验，情感专栏"麓雪热线"主持人麓雪的真情声音，让我们一起来做最好的妈妈。

《葡萄有四种颜色》

何 农/著

2009年7月 出版　　定价：25.00元

　　葡萄晶莹剔透，酒滴流光溢彩。全球著名酒庄的兴衰变迁，世界顶级酿酒大师的传奇经历，橡木桶与酒窖中装载的异域风情，石墙围住的深厚精彩的葡萄酒文化，都透过红、白、粉红、金黄四种颜色折射出来。葡萄酒与人的故事，是最奢华的享受，也是最平常的感动。

　　书末附有独立的文字图表，专门介绍葡萄名称中法文对照，葡萄酒分类、品尝的具体感官反应等常识，便于读者"按图索骥"，因此本书又是具有葡萄酒基本指南功能的实用书籍。

《优雅是一种选择——听徐俐讲美丽的故事》

徐 俐/著

2009年7月 出版　　定价：30.00元

　　徐俐，铿锵的声音和从容的语调让她万众瞩目，端正的形象和大气的风格使她拥有粉丝无数。缤纷的职场生涯，使她对美丽女人的定义有着与众不同的理解。

　　本书是她的随笔集，在这里，徐俐以心为笔，对女性的魅力进行深度诠释。精致外表和充实内心，哪一个都是现代女性不该放弃的权利。时尚是一种理念，优雅是一种态度，而这些都来源于认真和执着的心。

《随肖邦去巴黎》

中野真帆子（日）/著 胡 萬/译

2009年9月 出版　　定价：25.00元

　　巴黎≈肖邦+李斯特+德彪西+席勒+乔治 桑+……

　　在中野真帆子的感受中，巴黎是最适合演奏肖邦的城市。在本书中，作者沿着肖邦在法国生活和创作的音乐足迹，探寻走访了与之相关的地方和人，并引经据典，用优美的文字与浪漫的情怀叙述了一段有人物，有景观，有历史，有曲调的城市故事。

　　打开本书，你将随着作者的笔触行走在巴黎，远赴一场与肖邦的浪漫约会。

《女人30+》

金韵蓉/著　　定价：30.00元

2009年9月 出版

　　由资深心理学家金韵蓉为步入30的女人量身撰写。以读者在其BLOG上提供的亲身故事为基础，对30+女性在爱情、婚姻、孩子、职业生涯规划和身心灵修养五个方面给出建议与关怀。

　　清雅又不失乐观的文字，温暖、睿智，犹如一盆暖人的炭火，为面临结婚、生子、工作变动、生理变化的种种人生问题时常处于迷茫冰川的30+女人，带来温柔的指引和鼓励，更告诉我们，正向的价值观和积极的生活信念，会支撑我们的心灵无论遭遇诱惑、困顿、还是打击，都能够走向更坚强、更智慧、更美丽的自我。

　　于丹、李静、徐巍做序，杨澜、张晓梅、陈力推荐。